L'île de tous les réconforts

Tome I

Seb Morin

DÉDICACE

À l'amour de ma vie, mon Oscar.
Aux femmes de ma vie : Nina, grand-maman et maman.

TABLE DES MATIÈRES

INFORMATIONS CONTEXTUELLES

Ce roman est une fiction. Certains des éléments historiques y étant racontés sont véridiques ou près de la vérité, mais d'autres ont été inventés de toute pièce afin de contribuer à la trame narrative du roman.

1 - LE RETOUR À L'ÎLE

Le soleil frappait sur le pare-brise de la petite Fiat jaune, des mouches à moitié mortes faisaient office de tapisserie sur le parechoc et une odeur de vieux café émanait de l'intérieur. Le début d'une nouvelle aventure avait déjà commencé pour Céleste. La citadine, aventurière de fin de semaine, s'engagea vers la sortie de l'autoroute qui la mènerait à sa destination ultime, la pointe ouest de l'Île d'Orléans. C'était la première fois que sa voiture sillonnait des routes si dégagées et vastes, la campagne leur allait déjà bien à Céleste et son petit bolide. L'album *D'eux* de Céline Dion percutait les haut-parleurs à plein volume et les notes de musique semblaient faire valser le cœur meurtri de Céleste.

La tête lourde de regrets et les pensées vides d'optimisme, Céleste jeta un coup d'œil dans le rétroviseur et constata pour la première fois sa perte de poids récente. Elle n'était plus la même depuis sa séparation, des cernes avaient élu domicile sous ses yeux émeraude et ses cheveux, qui avaient toujours été d'un roux criant, ressemblaient à un drapeau en berne. Les derniers mois avaient été si difficiles pour Céleste, Montréal avait montré ses dents, ses amis étaient maintenant dispersés aux quatre coins du monde, son mariage à Pierre fracturé en mille morceaux et son estime de soi avait décidé de jouer à la cachette. Le genre de partie de cachette où tu ne trouves jamais ton partenaire de jeu. La fin de la trentaine semblait avoir amené avec elle un éclatement complet des illusions de la vingtaine pour Céleste, un peu comme si la vie voulait prendre sa revanche pour ce début de trentaine si glorieux qu'elle avait connu et, au passage, fracasser toutes ses réussites construites au cours des dernières années. Un doigt d'honneur à tout ce qu'elle tenait pour acquis. L'été avait beau rayonner de ses plus belles couleurs, Céleste était émotionnellement en hiver perpétuel, ces mois sombres où tout dort et où l'espoir ne semble jamais arriver. C'était une femme fracturée en son amour propre, désillusionnée face à la vie et empreinte de chagrin qui faisait son chemin vers un nouveau départ en ce beau samedi du mois de juillet.

Une fois la traversée du pont de l'Île d'Orléans terminée, quand la montée de la côte qui menait à l'entrée officielle de l'Île s'amorça, Céleste se sentait déjà mieux, plus sereine, plus calme et investie d'une paix nouvelle. C'était ce que les habitants de l'Île appelaient communément le « vortex », cette réalité alternative qui existait seulement à l'Île d'Orléans, comme si les contrées de nature et de patrimoine qui décoraient cette île avaient le pouvoir de tout faire oublier aux plus misérables des visiteurs. Est-ce que cette soudaine meilleure humeur allait durer ? Céleste en doutait, sa peine était trop profonde et n'avait pas la clémence de lui accorder plus que quelques heures de répit ici et là.

Elle ouvrit la fenêtre de sa petite voiture afin de capter tous les détails sensoriels que ce nouveau décor lui offrait. Elle roulait à 40 km/h et se fichait éperdument de la gronde des conducteurs derrière elle qui la trouvaient beaucoup trop tortue à leur goût. Elle savourait cet air semi-salin et enivrant, l'odeur de la terre humide qui s'infiltrait dans ses narines, au début déplaisant, mais finalement guérisseur. La vue des champs épars et remplis de vie qui sautaient aux yeux et l'espérance d'une exaltation, d'un bonheur retrouvé et renouvelé. Toutes ces merveilles rappelaient à Céleste ces maintes sorties d'été lorsqu'elle partait en voiture avec ses parents un beau dimanche du mois de juin pour faire le « tour de l'Île ». Ses parents insistaient pour que tout le monde embarque, car apparemment la monotonie du quotidien, ça se chassait en groupe. Céleste gardait un souvenir indélébile, non pas de chaque maison et chaque village visité durant cette escapade annuelle, mais du sentiment qui l'habitait lorsqu'elle était assise dans le vieux Saab familial et qu'elle regardait passer ces tableaux vivants, ses yeux ouverts si grands pour ne pas manquer une minute de ce spectacle sans fin de beauté qu'était l'Île d'Orléans.

Céleste conduisait tout doucement sur le chemin Royal, ça faisait bien vingt ans qu'elle n'avait pas remis les pieds à l'Île d'Orléans; peu de choses avaient changé, si ce n'était que de quelques maisons plus neuves qui avaient poussé à travers les forêts et les champs, un peu comme des petites verrues sur un visage si beau. La jeune femme se mit à sangloter tout doucement, elle qui venait pourtant de se dire qu'elle se sentait soudainement mieux, mais la voilà replongée dans un manège d'émotions digne d'un feuilleton à l'eau de rose, un mélange d'excitation et d'espoir de cette nouvelle aventure qu'elle s'apprêtait à vivre. Les images de son mariage refaisaient surface sporadiquement, sans avertissement, à la fin d'un fou rire entre amis, ou juste après un bon souper avec ses collègues. La douleur qui l'habitait était tenace et semblait vouloir la torturer en lui offrant ici et là des moments de jouissance, pour ensuite lui enlever le tapis sous les pieds en une fraction de seconde. Parfois, une chanson la ramenait à ce chagrin d'amour, et parfois un évènement beaucoup plus insignifiant tel que s'acheter un croissant dans le petit café du coin pouvait lui rappeler en un instant le film complet de son mariage et la fin violente que leur union a connue. Céleste était devenue, de façon allégorique bien sûr, l'actrice principale de son propre feuilleton à l'eau de rose, qui aurait pu s'intituler d'ailleurs « Les rares hauts et les très bas d'un cœur en reconstruction ».

Le chemin tantôt droit, tantôt sinueux et les arbres s'entrelaçant d'un côté à l'autre au gré de la route créaient une canopée hors du commun. On aurait dit que les maisons sortaient tout droit d'un conte de fées, comme si elles étaient faites de bonbons avec leurs portes colorées et leurs volets rappelant la vieille Europe. Le soleil jaune d'une chaleur enveloppante, les fleurs sauvages et les feuillus dodus qui semblaient vivants comme des personnages à part entière rendaient magique ce petit univers qu'était l'Île d'Orléans. Un tour de force de mère Nature, se disait la conductrice chagrinée en continuant son chemin.

Céleste commençait à se sentir plus libre et elle était habitée d'une fébrilité revigorante. Elle était surprise de constater qu'un brin d'espoir avait tissé son chemin à l'intérieur d'elle, une promesse que demain allait peut-être apporter un renouveau positif dans sa vie. Malgré son état lamentable, à peine en rémission, le cœur de Céleste lui envoyait le message qu'elle avait pris la bonne décision, que malgré ses larmes qui venaient et partaient sans aucune logique, ici à l'Île, son nouveau chez soi, il y avait une sorte de magie qui opérerait naturellement. Elle sentait déjà ses tracas du quotidien, les blessures au cœur, les désirs inachevés et les rêves bafoués se fondre dans le fleuve et l'espoir que ces méchants monstres n'auraient pas la force de lui tirailler la pensée pour toujours dessinait un sourire sur son visage. L'espoir renaissait à chaque kilomètre franchi sur cette nouvelle terre d'accueil.

Céleste était en direction de la maison de sa grand-tante, Eugénie Riverain. Eugénie était une dame d'allure solide, grande et d'une élégance enviable, ce qui camouflait un cœur pur et protecteur. Eugénie avait été le noyau de la famille Riverain toute sa vie durant. Céleste se rappelait qu'elle avait toujours adoré les visites chez sa grand-tante lors des pèlerinages annuels à l'Île avec ses parents. Elle couvait ces visites dans sa tête comme des souvenirs précieux, un pan de son enfance qui l'avait marqué pour le mieux et qui avait meublé ses étés de bonheur, de fous rires, de nature et de vie.

Matante Eugénie habitait le deuxième village à l'ouest de l'île, celui qu'elle continua à appeler Beaulieu jusqu'à sa mort, même si le nom du village était Sainte-Pétronille, et ce, depuis plus d'un demi-siècle. Mais voilà que matante Eugénie n'était pas une transfuge à l'Île, une retraitée ayant cherché des années douces près du fleuve après s'être désenchantée de la Floride grotesque, non, Eugénie était une « native » de l'Île comme se plaisaient à dire les insulaires, l'une de celles qui avaient connu les ponts de glace, les bateaux à vapeur remplis de gens fortunés les dimanches, la villégiature sans fin de ce petit village aux allures de Louisiane. Elle avait eu la fierté d'avoir connu les années de gloire de ce patelin aux airs bourgeois. Ce passé forgé à l'Île avait imbibé tous les aspects de la vie d'Eugénie, et sans même le savoir, Céleste avait un peu hérité de cette obsession pour l'île, comme si son âme avait déjà identifié, des années auparavant, ce bout de terre flottant comme étant sa vraie terre natale, le lieu où elle connaîtrait enfin un bonheur durable.

Céleste tourna le coin de la rue Horatio-Walker, où l'épicerie du village avait laissé place à une crémerie pour touristes, mais la bâtisse était tout de même restée empreinte de son charme original et elle avait fière allure avec ses plantes grimpantes et son crépi rappelant une forteresse française médiévale. À gauche de la crémerie, le fleuve semblait si proche qu'on aurait pu le toucher du trottoir. Céleste fit un arrêt beaucoup plus long que nécessaire, question de mettre sur pause toutes les pensées qui la torturaient depuis sa rupture amoureuse. Le fleuve l'obnubilait complètement, cette étendue d'eau qui ne ressemblait en rien à ces lacs du nord de Montréal, ternes et puants, mais qui non plus n'avait pas l'allure d'une mer de la côte est Américaine. Non, le fleuve était dans une catégorie à part, mi-mer, mi-portail vers l'au-delà, sa seule proximité semblait une expérience mystique pour Céleste. Elle avait pourtant habité Montréal et avait donc vécu à proximité du fleuve pendant de longues années, ce dernier entourait bien sûr aussi l'île de Montréal comme il entoure l'Île d'Orléans, mais quelque chose de différent sévissait sur cette petite île de Québec, le fleuve était magique ici, enchanteur, limpide et porteur d'une énergie guérisseuse. Il y avait une quiétude autour de la voiture de Céleste qui s'infiltrait jusqu'à l'intérieur, comme si les touristes du samedi avaient décidé de prendre congé de leur incessant *déambulage* sur le chemin Royal afin de la laisser déguster ce retour aux sources. Céleste se ressaisit et reprit son chemin, une pointe d'inquiétude d'avoir l'air d'une folle l'avait sortie de son rêve éveillé. Elle ne pouvait pas rester au coin de la rue à regarder dans le vide tout l'après-midi.

Céleste n'avait pas grandi à l'Île et elle y avait mis les pieds surtout pour visiter sa grand-tante et accompagner ses parents dans son enfance. Mais, comme plusieurs Québécois, cette île servait de point d'ancrage, un lieu fondateur de la culture québécoise et qui semblait être un fil conducteur de son patrimoine, de son histoire, de ses ancêtres, comme si l'Île était plus grande que l'île, comme si elle avait des tentacules et le pouvoir de s'infiltrer dans le cœur et l'âme de tous les Québécois, une terre natale d'esprit, un hymne national à fredonner quand le moral faisait défaut. Nul ne pouvait résister au charme de l'Île, et en cette journée radieuse du mois de mai, Céleste aussi était en train de retomber sous le charme de ce monde fantasmagorique qu'était Sainte-Pétronille.

Céleste continua son chemin, son GPS lui dictant comment se rendre à la maison d'Eugénie. « Pourquoi ai-je besoin de ce GPS, suis-je en train de perdre la mémoire du haut de mes trente-sept ans ? » pensait-elle en conduisant le long du chemin Royal. L'eau du fleuve qui bordait le village était en marée haute, mais la houle avait pris congé et la quiétude du fleuve était hors du commun, comme un miroir, un hologramme irréel. Cette partie de l'île où la pointe rétrécissait permettait d'observer le fleuve sous tous ses angles, un spectacle pour les yeux et le cœur. Pourquoi donc Céleste avait-elle besoin d'un GPS alors qu'elle avait fait ce même chemin pendant des années durant son enfance? Mais voilà que la mémoire est une créature dure à comprendre et qui parfois agit pour notre plus grand bien, au grand dam de notre conscience qui nous fait s'enorgueillir lorsqu'on peine à se rappeler des détails importants. La mémoire de Céleste avait probablement choisi d'effacer ou de pâlir certains souvenirs et lieux de repères qu'elle avait de ce village et de l'île afin de ménager son cœur, car Céleste n'en était pas à son premier deuil. Bien que celui-ci soit de nature amoureuse, elle avait déjà pleuré un être cher et son cerveau avait appris à mettre en veilleuse certaines informations pouvant enflammer de vieilles peines, comme un antivirus un peu trop puissant.

Le cappuccino acheté à des lieux de l'île commençait à goûter le carton, cela faisait un peu trop longtemps que Céleste le sirotait, et d'ailleurs, on ne sentait que le café à l'intérieur de la petite Fiat. Cela empestait le petit habitacle d'une odeur fétide et surie. Céleste était une amatrice de café, une vraie, le genre d'amie qui t'oblige à te procurer la meilleure machine européenne à espresso sur le marché en te jurant que cela allait changer ta vie et ensoleiller tes matinées. Malgré cela et malgré le fait que normalement Céleste aurait déjà dû ressentir le besoin de s'enfiler son petit espresso de mi-journée, elle n'y avait même pas encore songé et son corps semblait être comblé en énergie même sans cette dose habituelle de caféine. Le café perdait de son emprise ici, ses promesses vides et ses mensonges étaient rapidement cernés.

La caféine n'avait peut-être pas le même attrait à des centaines de kilomètres de Montréal, cette grande folle qui demandait son dû en énergie. Céleste semblait puiser son énergie pour continuer son aventure dans la beauté ancestrale des lieux, et de l'énergie, Céleste continuait à en avoir besoin, car elle avait conduit le même chemin, le chemin Royal entre la rue Orléans au nord et la même rue au sud déjà une dizaine de fois. Une vraie galère pour trouver la maison d'Eugénie, car le GPS était incapable de la diriger convenablement et pointait vers une forêt au lieu d'une maison lorsque la voix de l'opératrice disait « Vous êtes arrivée. ». Mais arrivée où ? pesta la belle Céleste. Elle avait un souvenir vivide que la maison de sa tante se trouvait perchée sur une montagne de roche, un peu comme la maison de la famille Adams, une maison d'épouvante régnant sur le village.

Céleste commençait à en avoir plus que marre des dizaines de détours sur les trois mêmes rues du village, elle était consternée par l'idiotie de son GPS, et une pensée des plus folles s'était même logée entre ses deux tempes, et si tout cela n'avait été qu'un rêve imaginé par sa psyché ? Et si ce refuge à l'Île dont elle avait hérité n'existait pas vraiment, ou pire, avait été détruit ou finalement contesté et gagné par l'une de ses cousines ? Tous ces revirements saugrenus étaient tellement farfelus que c'en était risible, mais Céleste avait appris au cours des dernières semaines à ne plus faire confiance à la vie, celle qui jouait au bourreau avec notre chère héroïne ces temps-ci.

— Oui, allo.

— Judy, je suis complètement perdue ! Aucune idée pourquoi, mais le GPS ne me guide pas dans la bonne direction. J'ai bu douze cafés et je n'ai rien mangé, mais qu'est-ce que je fous ici ?

— OK, calme-toi chérie. Ça va bien aller. Essaie de te rappeler du chemin, mais sans le GPS. Ces bébelles-là sont des pièges, jette-moi ça aux vidanges, ah et en même temps, foutons Pierre aux vidanges aussi !

— Je m'ennuie déjà de toi ma *best*. Je ne suis pas certaine de mon *move* au final.

— Tu divagues, ma Céleste. Je raccroche. Tu es bonne, belle, et capable.

« Il y a bien juste Judy pour me redonner du courage ce matin ! Allez, je continue ! » pensa Céleste après avoir raccroché la ligne avec Judy, sa meilleure amie de tous les temps.

Le mot « viraillage » vint soudainement à l'esprit de Céleste. Comme elle aurait souhaité que son père soit avec elle, ce fidèle capitaine du navire familial qui avait toujours réponse à tout, lui qui avait plus que le double de son âge, car la mère de Céleste, Martine, avait épousé un homme de vingt ans son aîné. Une pensée flâna alors dans l'esprit de Céleste : son père était maintenant vieux, très vieux. Elle réalisa que ses parents n'étaient pas éternels et une sorte de solitude maligne se faufila momentanément dans son être. Céleste était à fleur de peau et juste au moment où sa tête allait exploser de colère de s'être perdue en chemin, le tout accompagné d'une certaine nostalgie en réalisant que son père en était à la dernière saison de sa vie, et avec le manque de caféine qui revenait au galop et annonçait une migraine, Céleste trouva finalement la maison de sa grand-tante Eugénie, le 1121 chemin du Bout-de-l'île. Enfin, c'était plutôt maintenant le 8111 chemin Royal, car la typographie du village en entier ayant changé depuis les années quatre-vingt-dix. Peut-être que le GPS de Céleste avait décidé d'arborer un esprit « vintage » en lui refilant l'itinéraire d'il y a vingt ans plus tôt. Quel malicieux petit gadget !

L'aventurière du dimanche s'engagea donc dans la voie courbée et toute en hauteur qui menait à la fameuse maison de matante Eugénie. La maison était effectivement perchée sur une petite montagne comme dans les souvenirs de Céleste, la pointe sud de Sainte-Pétronille étant érigée sur des pierres volcaniques, rappelant de mini canyons qui s'entrechoquaient les uns contre les autres. On pouvait apercevoir des bouts de ces grosses roches grises et friables sur lesquelles le village avait été bâti. C'était aussi à cause de ces pierres préhistoriques que plusieurs des plages du village voyaient l'eau les encerclant se réchauffer jusqu'à des températures dignes de Cuba durant le mois de juillet et d'août, car, vous voyez, les pierres captaient le soleil à marée basse et se réchauffaient rapidement, et lorsque la marée haute faisait son entrée, l'eau était rapidement réchauffée par ces pierres servant de chauffe-eau naturel. C'était une théorie totalement infondée, mais dont le père de Céleste semblait convaincu et il se plaisait à la répéter chaque été quand la petite famille était venue visiter l'Île durant les jeunes années de Céleste.

Voilà enfin notre grande rouquine arrivée à bon port après près de quatre heures de route de son point de départ, Montréal l'enjoliveuse. La maison qui se présentait devant Céleste datait de 1834, l'une des plus vieilles de ce petit village qui avait été créé principalement par de riches vacanciers anglophones qui venaient *summer* dans ce petit paradis au microclimat tropical. Une vague d'émotion envahit Céleste. Elle se revoyait courir sur le grand terrain verdoyant, ses mains frôler les grands troncs des majestueux arbres qui adornaient la propriété. Son frère répétait « Tu n'es pas *game.* » et lui faisait relever des défis de courage : un moment c'était d'attraper une grenouille à main nue dans l'étang, l'autre c'était de grimper le plus haut possible dans le vieil orme déformé et dont la cime devait bien être la plus haute de tous les arbres du village. Les souvenirs de ces étés qui semblaient si lointains il y de cela quelques heures apparaissaient maintenant plus clairs que jamais dans la pensée de Céleste. Elle restait aussi bouche bée en se rendant compte que d'être ici lui rappelait son frère. Elle pouvait presque le sentir ici avec elle, le tout était quasi supernaturel.

Thomas était un joueur de tours, un hyperactif, un blagueur et lui aussi était toujours partant pour faire le tour de l'île et rendre visite à la « statue » Eugénie, comme il se plaisait à surnommer sa grand-tante, probablement parce que du haut de ses six pieds, Eugénie semblait être une géante en comparaison de Thomas, ce gamin qui avait la corpulence d'un oiseau mouillé. Eugénie n'était pas seulement grande, son énergie s'imposait dans la pièce où elle se trouvait, sa présence avait toujours calmé Céleste et son frère, nul besoin de hausser le ton pour que les deux espiègles agissent en petits adultes quand l'heure du lunch sonnait sur la grande terrasse derrière la maison, un seul regard de matante Eugénie et les deux enfants se calmaient et jouaient la comédie. La mère de Céleste avait toujours envié ce don qu'Eugénie avait de rassembler, de les rassurer et de les apaiser. Elle qui avait de la difficulté à contrôler ses gamins la plupart du temps, un talent qu'elle n'avait jamais développé.

Céleste demeura plusieurs longues minutes à côté de sa voiture à lorgner la maison, le terrain, le bassin d'eau (qui avait plutôt l'air d'un marécage en raison du manque d'entretien), les énormes hydrangées en pleine floraison qui se mariaient si bien aux vignes grimpantes et aux fleurs sauvages qui envahissaient les plates-bandes et avaient même réussi à s'immiscer sur la galerie, cette magnifique galerie de bois qui enveloppait la demeure d'un bout à l'autre. C'était ça, Sainte-Pétronille, pour Céleste, un voyage, mais à vingt minutes de la ville.

Céleste prit sa valise dans le coffre de sa voiture et juste au moment de la refermer, elle crut apercevoir une ombre noire du coin de l'œil, une bête rapide comme l'éclair. Un peu sonnée par cette image déconcertante pour la citadine aguerrie qu'elle était, Céleste prit quelques instants pour se calmer. Puis, soudainement, elle entendit des bruits de pas dans le boisé à droite de la maison, un petit renard au pelage noir comme la nuit et reluisant comme la lune s'enfuit dans les arbustes bordant le boisé. Il était vite comme l'éclair, mais Céleste avait eu le temps de le voir et de bien le mémoriser. « Wow, un renard noir dans ma cour, à quelques pas de moi. Je me demande s'il est sympathique ! »

C'était un évènement hors du commun pour une femme qui n'était pas vraiment sortie de Montréal durant les vingt dernières années. Ses derniers contacts avec un petit mammifère sauvage avaient été avec des ratons laveurs sur son balcon à Rosemont, ces petites bestioles avaient décidé l'été dernier de faire les cent coups à même les poubelles de la pauvre Céleste. Elle gardait donc un souvenir amer de toute créature ressemblant de près ou de loin à ces vilains ratons de la ville.

Hormis quelques voyages mondains d'agrément dans d'autres mégalopoles du monde, du théâtre à Londres avec sa meilleure amie Judy, des soirées arrosées de bulles à Paris le long de la Seine avec son ex, Pierre, et de multiples week-ends à New York avec sa mère, Céleste n'avait jamais été une grande aventurière et rien ne l'avait préparée pour son premier renard, et surtout pas un renard noir ! C'était presque spirituel comme expérience. D'ailleurs, Céleste prit une note mentale d'en parler à sa liseuse de bonne aventure. En effet, il y avait peut-être dans cette rencontre inopinée avec le renard un message ou un symbole plus grand que la vie qu'elle menait. Céleste faisait partie de ces gens de la ville pour qui la recherche du sens de la vie était omniprésente. C'est ce qui arrive quand on entoure l'humain de ciment au lieu de nature. Il en résulte un vide si grand qu'on le remplit avec des futilités telles que payer une liseuse de bonne aventure pour comprendre le sens de la visite d'un renard noir…

Céleste comprendrait bientôt qu'à l'Île, tout était magique et qu'un renard noir un peu trop inquisiteur n'était pas un signe plus spirituel qu'une chouette qui te dévisage un soir de pleine lune ; la nature avait encore main mise sur Sainte-Pétronille.

La maison portait toujours fièrement la plaque en bronze située juste au début du chemin de pierres qui menait à l'entrée principale. La plaque énonçait timidement « Villa Riverain, circa 1834 ». Céleste se sentait petite, comme un grain de sable sur une plage infinie. Elle n'était qu'un maillon dans cette grande famille Riverain. Sa grand-mère était décédée au début des années quatre-vingt et personne n'avait jamais vraiment compris pourquoi les deux sœurs, soit la grand-mère de Céleste et sa grand-tante Eugénie, avaient cessé de se parler quelque part au milieu des années 40, une coupure étrange qui avait causé une distanciation avec la descendance de matante Eugénie. C'était une des raisons pour lesquelles Céleste était si surprise d'apprendre qu'elle était la seule héritière de la villa Riverain, alors qu'elle avait connu Eugénie seulement quelques années durant son enfance et l'avait vu tout au plus une dizaine de fois avant qu'elle ait rejoint le ciel, un jour exactement avant son centième anniversaire. Mais ce mystère était sur le point de s'éclaircir et Céleste allait bientôt comprendre pourquoi elle était devenue la gardienne de la villa Riverain et sous quels prétextes elle avait étrangement hérité de ce trésor familial.

La villa était grande et imposante, un mélange de style *Queen Anne* et des maisons de loyalistes, avec une touche inspirée des maisons québécoises d'antan, une combinaison qui conférait à la villa une sorte d'opulence d'un temps révolu. La demeure comptait trois étages, dont le troisième se trouvait lové derrière le toit mansardé en tôle noire, le tout couronné par de multiples frivolités de l'époque, telles que des gargouilles en ciment et des lucarnes rondes qui laissaient présager un grenier lugubre et secret. Le mélange des styles avait rendu la maison des plus attrayantes, presque farfelue, et le mariage du noir et du blanc rappelait l'époque des constructions gothiques, le fer forgé noir étant omniprésent partout sur la propriété. La maison détonnait quelque peu du style plus doux et côte est qui faisait la marque du village. Les fenêtres de la villa étaient si grandes qu'on aurait dit une institution et non une maison, un bien public, une grandeur d'une autre époque, presque biblique ou qui aurait bien pu être habitée par des sœurs cloîtrées. Les fleurs jaillissaient de partout, les plantes de style bambou qui poussent comme de la mauvaise herbe à Sainte-Pétronille faisaient office de cloison tout autour du terrain, de sorte qu'une intimité inégalée pouvait être appréciée aux quatre coins de la propriété.

La maison était tout de bois blanc, et seulement les araignées y avaient élu domicile depuis dans les dernières années, une constatation qui consternait Céleste. Les balustres étaient en mauvaise condition, les gouttières qui contournaient la toiture fléchissaient sous le poids des détritus et plusieurs fenêtres semblaient être affligées de fentes béantes, ce qui donnait un air décrépit à la maison en combinaison avec la peinture qui s'écaillait un peu partout. La villa Riverain avait gardé ses lettres de noblesse, mais il y aurait beaucoup de travail à faire afin de lui redonner son éclat des plus beaux jours, un défi que Céleste avait un peu sous-estimé en voyant les dernières photos de la villa au moment d'accepter la succession. À la vue de l'ampleur des travaux à effectuer sur cette majestueuse créature, Céleste sentit un poids s'abattre sur ses épaules, allait-elle réussir sa mission ou flancher devant l'ampleur de la tâche ? Avait-elle commis une erreur monumentale en décidant de s'exiler si loin de Montréal ? Se punissait-elle de sa rupture ?

Céleste n'avait pas encore compris pourquoi ce n'était pas une de ses cousines qui avait hérité de la villa familiale, ou bien un de leurs parents, les enfants d'Eugénie, mais le notaire lui avait expliqué qu'aucun des descendants directs d'Eugénie n'avait bronché à la lecture du testament quand ils avaient compris que la villa familiale allait revenir à la petite cousine Céleste. Voilà une tournure d'évènement qui avait laissé Céleste perplexe, mais aussi animée d'un bonheur incommensurable à savoir que quelque part sur cette île aux mille souvenirs, un petit bout allait lui appartenir.

La famille d'Eugénie était fortunée, du vieil argent provenant des vieux fonds familiaux d'Europe et ils n'avaient guère d'intérêt à accepter le fardeau qui venait avec l'entretien de la villa Riverain. Chaque membre de la famille avait déjà créé leur patrimoine à eux, aux quatre coins du globe, et Eugénie n'avait eu que peu de contact avec ses descendants à la fin de sa vie, la nonagénaire ayant survécu à ses deux enfants. Les petits-enfants d'Eugénie l'adoraient, mais avaient trouvé leur bonheur ailleurs qu'à l'île, et un retour aux sources ne leur inspirait pas une joie aussi vive que celle que Céleste avait ressentie à la nouvelle de son héritage. Eugénie n'avait pas non plus insisté, car dans les crevasses secrètes de son cœur de matriarche, et pour des raisons qu'un jour Céleste comprendrait, elle avait rêvé de lui laisser un legs, à la progéniture de Paul, son neveu ayant eu une enfance moins fortunée que celle qu'elle avait pu offrir à ses propres enfants, et son vœu était maintenant exaucé.

Céleste avait encore de la difficulté à comprendre comment quelqu'un pouvait accepter de passer à côté d'un projet tel que la villa Riverain, mais tous n'étaient pas d'inconditionnels amoureux du patrimoine et ils n'avaient pas tous la patience nécessaire pour entamer ce long chemin de croix qu'est la restauration d'une maison ancestrale. La rousse au sourire espiègle avait toujours été une vieille âme, et Eugénie l'avait remarqué dès leur première rencontre, un samedi après-midi où le soleil de juillet faisait crier les grillons bien après la pénombre, l'année des sept ans de Céleste. Paul, le père de Céleste, avait eu un appel quelque peu surprenant d'Eugénie, cette tante dont sa mère lui avait beaucoup parlé, mais avec qui il n'avait eu que des contacts éloignés et maladroits lors de soupers de famille ou de réunions familiales, des évènements qui n'étaient pas arrivés très souvent. La mère de Paul avait toujours refusé d'expliquer pourquoi elle ne fréquentait pas sa sœur chérie, même si elle en parlait souvent, surtout durant ses dernières années où elle avait combattu un cancer du sein.

C'était l'époque où Cheryl, cette femme si secrète et habitée d'une force hors du commun pour une femme de sa génération, avait commencé à se libérer de plusieurs souvenirs d'enfance. Elle s'ouvrait de plus en plus à son fils Paul, son fils unique qui avait été sa bouée de sauvetage à la mort de son mari, le coloré Scott. Paul avait adoré son père, mais il avait toujours eu une affinité sans pareil avec sa mère. Les deux se parlaient sans dire un mot et avaient cultivé un monde secret. Le chagrin de Paul fut immense à la mort de sa mère alors que Céleste n'avait que six ans. C'était donc très étrange de recevoir un appel d'Eugénie qui prétextait vouloir prendre contact avec lui et sa petite famille. Elle avait déblatéré sur le fait que la vieillesse s'installait et que même si elle n'avait pas pu assister aux obsèques de sa sœur, elle avait toujours gardé espoir d'un jour se rapprocher d'elle et de sa famille, un espoir qui avait été anéanti par cette grande faucheuse qu'est la mort.

Paul avait accepté de revoir Eugénie. Dès le samedi suivant lorsqu'il était venu la visiter sans sa femme, mais accompagné de ses deux enfants, la petite Céleste, qui était plutôt la grande Céleste du haut de ses cinq pieds à seulement huit ans, et le fougueux et ratoureux Thomas, il avait senti une connexion immédiate avec cette femme qui approchait la dernière saison de sa vie. Le contact avait été facile, il n'avait pas posé plus de questions à savoir pourquoi Eugénie tenait à le revoir, pour une raison qui échappait encore à tous, les deux devinrent rapidement proches et durant les dix années suivant ces retrouvailles, les deux familles se fréquentèrent assez régulièrement, quelques fois par été. Et puis, le drame entourant Thomas survint et sans trop savoir pourquoi, les liens se rompirent à nouveau, éloignés naturellement, comme un escarpement dans un ruisseau qui vient doucement dévier le débit vers d'autres rives, tout en douceur, mais sans point de retour. Céleste commençait le cégep à cette époque et elle ne pensait plus à Eugénie, les traditions d'enfance disparaissaient et elle passait ses étés avec des copines à jouer aux adultes en ville. L'île ne l'habitait plus.

Eugénie avait pu déceler chez Céleste une force qui lui rappelait sa propre force, elle avait compris rapidement que Céleste était une Riverain, une vraie, et que comme elle, son cœur était enclin à aimer un peu trop fort, une qualité, mais parfois un défaut, qui pouvait mener à des péchés capitaux. Malgré le fossé générationnel qui séparait Céleste et sa grand-tante, un lien très tangible et fort s'était créé entre les deux femmes. Eugénie n'en aura jamais voulu à Céleste de ne jamais lui avoir redonné de nouvelles après l'incident tragique que Thomas avait subi, elle en avait déduit que la petite famille de Paul était si malheureuse que leurs pensées étaient trop accaparées par leur peine pour même partager une once de leur quotidien avec elle à partir de ce moment-là. Ils étaient prisonniers de leurs cœurs brisés et jamais Eugénie ne leur en aurait voulu pour cela. Ils avaient choisi l'ermitage comme baume sur leurs plaies. De toute manière, elle-même trouvait la relation avec son neveu plutôt douloureuse, car certains secrets pesaient tellement lourd sur sa conscience et les vœux de confidentialité qu'elle avait promis à sa sœur plus d'un demi-siècle auparavant avaient encore une emprise sur elle, et cela rendait tout contact avec Paul doux et amer en même temps. Elle était maintenant libérée de ce sentiment de trahison qui l'habitait chaque fois qu'elle le voyait. Cheryl pouvait maintenant respirer en paix de l'autre côté de la Voie lactée, ses secrets allaient rester des secrets.

Céleste n'en croyait pas ses yeux alors qu'elle déambulait le long de la galerie d'en avant, sa valise déposée sans trop d'égard alors qu'elle était obnubilée par la découverte de cette maison au passé porteur de tant d'histoire. La galerie qui entourait la maison était en mauvaise condition, mais elle continuait tout de même à donner envie à quiconque s'y aventurait de s'installer sur ses madriers défraîchis et de s'emmitoufler dans une couverture afin d'admirer la vue spectaculaire, car malgré la végétation dense qui aurait pu donner l'impression de bloquer la vue du fleuve, c'était tout le contraire. Comme la galerie était à quelques pieds du sol et que le terrain était en pente, on pouvait apercevoir le magnifique fleuve et les montagnes de Beaumont derrière son éclatement tout de bleu, une vue à faire battre les plus maussades des cœurs et les plus endormis des fonctionnaires. Céleste se pinçait tellement son nouveau refuge semblait la prendre dans ses bras, comme si la villa susurrait à son oreille que tout allait bien aller, qu'ici elle saurait comment guérir son cœur. Un sentiment de plénitude habitait la rouquine aux pommettes rouges d'exaltation.

Céleste avait toujours rêvé d'un jour habiter une maison à caractère historique. La Montréalaise passait ses samedis à flâner sur les rues transversales à la rue Saint-Denis, d'où elle admirait les maisons au style anglais du Plateau Mont-Royal et du quartier McGill, avec leur façade de pierres grises et leur allure victorienne qui rappelaient une époque lointaine de Montréal, celle où le paysage était parsemé de grands parcs verts et où les calèches abondaient à chaque intersection. Le Montréal des années 1800 où tout était possible et à construire, une ville en pleine ébullition qui fut la plateforme économique de tout un continent jusqu'au milieu du 20ᵉ siècle. Montréal, cette dévergondée aux antipodes de sa petite sœur conservatrice qu'était Québec, avait toujours fasciné Céleste et la jeune femme était férue d'histoire, une passion qui était finalement rassasiée à la vue de la villa Riverain puisqu'elle allait finalement habiter un morceau de l'histoire collective du Québec, un vestige d'un passé insulaire.

Céleste n'aurait jamais eu les moyens d'acheter une maison de ce calibre avec son salaire de traductrice pigiste. Certes, elle gagnait bien sa vie, mais elle n'était pas la plus douée en finances malheureusement, préférant de loin les escapades d'un week-end à Rome et les soirées arrosées entre amis au Leméac que les REER et la finance personnelle. Céleste était tout de même une femme d'affaires aguerrie ayant réussi à bâtir son agence de traduction virtuelle dès la fin de la vingtaine, ce qui lui conférait quand même un standard de vie aisée, mais jamais assez aisée pour devenir propriétaire d'un manoir au bord du fleuve dans un village de villégiature bourgeois. Le banquier de Céleste lui avait répété à maintes reprises d'un ton paternaliste que des chaussures et des souvenirs de voyage, ce ne sont pas des actifs pouvant servir de collatéral ou de mise de fonds sur une maison et qu'elle devait se féliciter de pouvoir acheter son condo à Rosemont avec Pierre, car seule, elle n'y serait jamais arrivée. « J'aimerais bien lui voir la face, aujourd'hui, à ce banquier. », pensa Céleste, en admirant de l'extérieur cette villa qui l'avait choisie elle, juste elle.

Céleste parvint à se frayer un chemin jusqu'à la porte d'entrée, car bien que la galerie fût assez défrichée de toutes ses mauvaises herbes pour pouvoir y marcher librement, la porte de la villa était ensevelie sous des dizaines de vignes grimpantes, certaines d'un vert presque lime et d'autres d'un vert quasi rougeâtre. Si ce n'avait été que de l'acharnement requis pour pouvoir ouvrir la porte, Céleste aurait probablement été émerveillée devant tant de nature sauvage, de beauté indomptable, mais voilà que la jeune femme commençait à délirer de famine, elle qui avait commencé son périple des heures auparavant. Céleste se sentait comme une participante au jeu télévisé *Survivor* tellement il y avait de la végétation, une sorte de jungle envoûtante qui servait de test ultime envoyé par la villa afin qu'elle s'assure que toute personne qui y pénétra serait un gardien ou une gardienne déterminée à l'aimer sans compromis. Céleste passa ce dernier test avec brio et put finalement atteindre la poignée de porte après avoir défriché à main nue toute une tapisserie de plantes marabouts.

Alors que Céleste cherchait les clefs de la maison dans son grand sac de voyage et qu'elle ressentait au même moment une certaine fierté à la vue de ses mains tachées de sève verte, de véritables marques d'honneur pour cette aspirante campagnarde. Elle tomba sur les mauvaises clefs, celles de son ancien condo, celui qu'elle avait partagé avec Pierre durant de longues années à Rosemont. Céleste replongea mentalement dans la tourmente, les questionnements et le sentiment de colère qui l'habitaient depuis qu'elle avait découvert la sordide histoire d'amour de Pierre avec sa jeune maîtresse. Le cœur de Céleste se resserra dans sa poitrine, l'intermède de bonheur que l'île lui avait offert dans la dernière heure venait de prendre fin et la peine d'un noir goudron qui avait habité Céleste durant ces dernières semaines était tout d'un coup de retour. Cette dernière s'était peut-être perdue en même temps que la petite Fiat de Céleste au beau milieu du village de Sainte-Pétronille, mais la voilà qui avait retrouvé son chemin, prête à reprendre sa place dans le cœur si fragile de la belle rousse.

« Respire, tu es loin de Rosemont, ma grande, ça va bien aller ! »

De grandes respirations et des affirmations positives, voilà une recette tant suggérée par Judy lors de ces nuits d'insomnie que connut Céleste ces dernières semaines, car Judy avait prévenu Céleste que le chagrin nous suit, peu importe où l'on va, et comme toujours, la meilleure amie de Céleste avait raison. Nul ne peut échapper les aléas d'un cœur accidenté, pas même notre campagnarde novice.

Et comme ça, les idées secouées et le cœur qui pompait de douleur, mais aussi d'un filet d'espoir qui commençait à passer du murmure à la parole, Céleste fit son entrée à la villa Riverain, son nouveau refuge, la maison qui lui redonnerait le goût de vivre, où elle ferait la lumière sur tant de mystères et où, peut-être, l'amour reviendrait jouer de la partie.

parole, Céleste fit son entrée à la villa Riverain, son nouveau refuge, la maison qui lui redonnerait le goût de vivre, où elle ferait la lumière sur tant de mystères et où, peut-être, l'amour reviendrait jouer de la partie.

2 - EUGÉNIE RIVERAIN 1938, LA FLAMME QUI BRÛLE TOUT

-Je reviens d'ici quelques heures Antoine, je vais rejoindre Camille au quai pour voir débarquer les passants du traversier, tu sais comment Camille me demande toujours !

-Mais la gouvernante a déjà quitté, qu'est-ce que je vais faire avec les enfants durant ton absence ?

Eugénie dévisagea son mari avec le regard perçant d'une femme bien en avance sur son temps, une avant-gardiste qui était née avec la rhétorique facile. Une effrontée, comme se plaisaient à commérer les bonnes femmes du dimanche à la messe.

— Eh bien, tu vas t'en occuper, ce sont tes enfants aussi et ils ont besoin de leur père ! Quand ce n'est pas la gouvernante, c'est moi qui assure la besogne pour ces gamins, à ton tour de sacrifier un peu de ta liberté au profit de notre famille.

— J'ai marié une vraie sauvage, on m'a bien dupé en me présentant la fille aînée des Riverain, qu'on m'avait promis être une dame de bonnes mœurs, mais voilà qu'elle me laisse m'occuper de ces petits dinosaures par moi-même ! avait renchéri Antoine, le sourire aux lèvres et le ton moqueur.

— Gertrude est en haut, elle s'affaire à faire reluire les fenêtres du grenier, elle peut t'aider, je t'en supplie Antoine, j'ai besoin de ces quelques heures à moi, au grand air, tu as lu comme moi dans la Gazette de Québec pour dames que les amitiés entre femmes sont importantes et doivent être encouragées. Tu sais bien que quand je reviens de mes sorties avec Camille, je suis bien plus heureuse et amoureuse. Et puis écoute ce que mon père te dit toujours : « Femme heureuse, famille nombreuse ! ». Et tu le dis toi-même qu'il est temps qu'on ait un troisième enfant !

— Bon bon bon, je ne gagnerai jamais avec toi, de toute façon tu me fais fondre lorsque tu mets tes accoutrements de baladeuse du dimanche ! Allez, va rejoindre Camille, et essaie de ne pas faire tomber dans les pommes tout l'équipage du traversier !

Eugénie ouvrit la grande porte d'entrée, ricanant au passage, car la remarque d'Antoine la faisait rire. Elle aimait son mari, il était grognard et quelque peu vieux jeu, mais bon et doux. Ce qui aurait pu être un mariage de convenance était devenu un mariage d'amour. Les deux tourtereaux étaient devenus une équipe, lui un notaire bien en vue de la ville de Québec qui gérait une fortune familiale et elle, une femme de la société qui s'appliquait à renforcer leurs alliances aux autres familles bien placées de Québec. Eugénie était aussi issue d'une famille bien nantie et ses parents étaient connus du monde des affaires. Elle était indépendante de fortune, sa sœur aussi d'ailleurs, mais son mariage à Antoine avait quand même quintuplé son patrimoine financier, faisant d'elle l'une des femmes les plus riches de la ville de Québec. Les Riverain étaient toutefois des gens discrets, un vestige de leur passé européen. Pour eux, l'argent ne devait pas crier, mais plutôt murmurer.

Les petites bottes de cuir d'Eugénie lui causaient un élancement dérangeant alors qu'elle gambadait sur le chemin du Bout-de-l'île vers la petite rue qui menait jusqu'au Château Bel-Air, un hôtel de grand luxe qui était situé à la pointe ouest de Ste-Pétronille et qui était adossé au quai du village qui accueillait chaque dimanche une pléthore de bourgeois venus de Québec et Montréal et voulant se ressourcer dans la villégiature grandiose de ce petit coin de paradis à l'anglaise. Durant le plus fort de la saison, des centaines de ces plaisanciers faisaient le voyage pour venir s'abreuver des beautés de l'île, la pointe ouest étant de loin la plus belle et la plus accessible. Les familles anglaises et américaines ayant leur villa toutes de bois blanc le long de la berge accueillaient leurs amis et familles avec fierté. Le Château Bel-Air avait des airs de manoirs du *Gilded Age*, ceux qu'on aurait pu retrouver à *Rhode Island*, car avec ses multiples tourelles, ses ornements de fer forgé et sa vue incomparable sur le fleuve Saint-Laurent, le petit hôtel de luxe jouissait d'une réputation mondiale de terrain de jeu des élites du temps.

La longue robe de coton avec son corset souple donnait des allures d'ange à la belle Eugénie, une vision toute de blanc crème, égayée par le collier de perles long qui se perdait dans la crinoline du collet de sa robe, ce même collet venait se poser fièrement contre le menton de la jeune femme et pointait vers un visage fin. Ses traits rappelaient les déesses grecques aux nez chevalins, entourés par des joues charnues et de grands yeux verts qui scrutaient l'horizon comme une chouette la nuit. Le petit sac à main rectangle porté par Eugénie venait confirmer son statut social, l'égérie Hermès flottait discrètement sur le médaillon or qui ornait sa couture.

Eugénie était d'une carrure imposante, statuesque même du haut de ses six pieds, et peu importe ce qu'elle portait, la génétique anglaise venait trahir les flaflas qu'elle arborait. Elle défilait dans la rue menant au quai, accueillie par une végétation dense et luxuriante du mois de juillet. Nul n'avait besoin de fertiliser les sols à Sainte-Pétronille puisque l'humidité lourde et accablante qui y régnait en cet été 1938 suffisait à faire pousser du vert sur chaque centimètre carré de l'île. Le microclimat de la pointe ouest de l'île donnait du fil à retorde aux bourgeois de l'époque qui n'avaient pas encore adopté les tendances de Montréal ou de New York où les femmes défilaient en tenues décolletées avec des robes au genou. La mode à Québec et à Sainte-Pétronille copiait ces élans de modernité, mais elle restait plus conservatrice et il n'était pas rare d'apercevoir une femme plus âgée habillée d'une robe à jupon long et attriquée d'un corset et de gants blancs, les cheveux en vagues bien léchés sur le côté du visage, un mélange de l'époque d'avant-guerre et des années folles.

Nul ne pouvait ignorer Eugénie. Partout où elle passait, les foules se tournaient, elle s'imposait non pas par sa voix portante ou par une personnalité étincelante, mais plutôt par son énergie naturelle. Celle qui pouvait se targuer d'être toujours la plus grande parmi ses pairs était empreinte d'un magnétisme hors du commun, on oubliait vite son nez un peu trop gros, ses épaules plus larges que celles d'Antoine ou son tour de rein un peu trop fertile pour la mode gamine de l'époque ; Eugénie flottait partout où elle allait, portée par la qualité d'une femme qui était née sous une bonne étoile, une vie de bonheur déjà tracée devant elle. Les moins chanceuses voulaient être son amie dans l'espoir d'aspirer un peu de sa chance et les langues sales jalousaient secrètement sa vie qui semblait toujours parfaite. Dans les faits, toutes les femmes du village et de la haute société de Québec voulaient être son amie, être invitées pour le thé ou pour jouer à la pétanque en après-midi. Tous voulaient une partie de l'univers Eugénie, même si ce n'était qu'une infime miette. Tous des affamés devant la grâce, l'élégance et la majestuosité de cette femme qui pavait son chemin avec une mentalité bien des décennies avant son temps.

Plusieurs pourraient penser que cette personnalité indépendante et fougueuse aurait pu causer du tort à la belle Eugénie, surtout à cette époque où la femme était soumise à l'homme et au clergé, mais c'était comme si les malheurs de l'époque ne lui collaient pas à la peau. Que ce soit la guerre, la grande dépression, les prêtres réfractaires à la liberté qu'Antoine lui donnait, les vieilles commères du village, rien ne pouvait mettre le drapeau d'Eugénie en berne. Une lionne parmi les gazelles.

Eugénie tourna le coin du chemin du quai, un peu essoufflée, non par la marche qui était d'ailleurs très courte pour se rendre de la villa Riverain au chemin du quai, mais plus par l'excitation qui envahissait son être entier à l'approche du traversier, car Eugénie n'était pas venue rencontrer Camille, qui en fait n'existait pas, une amie fictive inventée de toute pièce pour faire taire les interrogations de son mari et lui permettre plus de liberté. Elle était venue jusqu'au quai pour voir les passagers du traversier débarquer en ce dimanche matin du mois de juin pour apercevoir Philip, l'homme qui habitait ses pensées, son corps et toutes ses nuits. Eugénie n'avait pas planifié un rendez-vous secret avec un autre homme, cela aurait été de la pure folie, beaucoup trop dangereux dans cette paroisse où tout le monde se connaissait et tout le monde rapportait aux uns et aux autres les moindres allées et venues de leurs voisins. Non, Eugénie était venue au quai dans l'espoir de seulement apercevoir son beau Philip, sans lui parler, sans avoir même l'idée de marcher à ses côtés, comme si sa seule présence sur son île, dans son village, suffisait à apaiser le désir qu'elle ressentait en repensant à ces moments si tendres qu'ils avaient passés en secret l'été dernier à Montréal.

Eugénie ne s'était jamais décrite comme une romantique ou une femme avide de romans à l'eau de rose, elle était affublée d'une pensée pragmatique et jusqu'à sa rencontre avec Philip, elle pensait réellement que le grand amour, c'était ce qu'elle vivait avec Antoine. Ses certitudes furent anéanties avec chaque baiser de Philip, chaque caresse de cet homme aux yeux ravageurs et au sourire délectable. Toutes les mœurs de l'époque et tous les effluves de la religion catholique n'avaient pu retenir Eugénie devant cette marée d'exaltation qu'elle avait connue avec Philip, car Eugénie se transformait en amante enflammée à la simple vue de cet homme. Comme si leur chimie, la composition même de leur être, avait été concoctée dans les mêmes cieux.

Eugénie resta un peu à l'écart, derrière la foule qui attendait le traversier depuis de longues minutes, les nuages de vapeur créant un lourd brouillard sur le quai entier, avec seulement la pointe de la tourelle du Château Bel-Air qui était visible, un phare du cœur. Philip descendit du bateau accompagné de son père, le marchand Baier, comme tout le monde l'appelait, un riche homme d'affaires ayant fait fortune à Montréal et à Québec, dans les ports et dans les portefeuilles de l'élite du temps. Il était marchand de tout, d'espoir et d'artéfacts précieux et exotiques. Il avait plusieurs boutiques à travers les grands centres urbains et voyageait à travers le monde à la découverte des technologies du futur. Il avait été d'ailleurs l'un des premiers à vendre à Québec des lampes électriques, un avancement qui avait révolutionné la bourgeoisie de l'époque. Il habitait avec sa famille, dont son fils Philip, dans la ville de Montréal, à Westmount pour être plus précis, une bourgade de l'élite anglophone, mais Baier voyageait tellement qu'il était presque citoyen de dizaines d'autres villes et pays à travers le monde, un mondialiste des premières heures.

Philip avait revêtu ses plus beaux atours du dimanche, un veston de lin crème, une chemise blanche du même matériel et des pantalons à peine froissés qui s'arrêtaient au-delà de la cheville, une mode européenne et adoptée par seulement les plus raffinés des hommes d'affaires de l'époque. Philip était pieds nus dans ses chaussures de cuir, des chaussures pour le bateau de style Perry ornées de doré et de lacets rappelant ceux des mocassins amérindiens, si prisés par les touristes européens qui foulaient les terres du Nouveau Monde en été. Les années 1930 étaient le début du tourisme tel qu'on le connaît aujourd'hui et les modes commençaient à s'exporter. Philip et son père avaient l'air de sortir tout droit d'une fiction à l'Indiana Jones, le teint basané par ces épopées dans des contrées lointaines, les cheveux aux mèches blondies par le soleil et les lèvres roses d'aventure. Eugénie était absolument terrorisée, elle ne se souvenait pas de ce sentiment que lors de sa première communion où elle avait malencontreusement échappé la petite chandelle en plein milieu de l'église, une gaffe qui lui avait causé un sentiment de honte, d'effroi. Les regards de tous ses camarades et les rires des parents, un cocktail parfait pour créer un traumatisme d'enfance. À la simple vue de Philip, les genoux d'Eugénie voulaient fléchir, ses pieds avaient chaud dans ses bottillons, ses mains gonflaient dans ses gants, comme si elle allait bientôt se transformer en monstre du Loch Ness, la culpabilité dévoilant son vrai visage.

« Mais qu'est-ce que je fais ici ? »

C'était une missive dans le journal de l'île qui avait alerté Eugénie de la venue de Philip et de son père à Sainte-Pétronille, il venait pour rencontrer certaines fortunes locales, comme quoi faire des affaires lorsque les gens sont en vacances était porteur de bonne chance. À la simple lecture de la missive maudite, Eugénie avait été soulevée par un vent de panique, froid et glacial, elle savait très bien qu'elle se rendrait au quai ce jour-là dans l'espoir d'apercevoir ce gentleman qui l'avait ensorcelée. Si seulement Eugénie eût cru à l'enfer, alors peut-être aurait-elle résisté à cet appel du cœur, du corps, mais Eugénie était une férue de science et l'enfer ne faisait pas partie de ses croyances.

Philip avait l'air d'un héron ayant perdu un précieux poisson ; il scannait le quai à 360 degrés comme un gamin perdu, un quêteux du cœur, un obsédé de l'amour. Il serrait ses poings, il avait tant espéré qu'Eugénie eût lu la missive dans le journal et qu'elle ferait son chemin vers lui, par inadvertance ou par désir.

Et puis tout d'un coup, le visage de Philip s'éclaira, comme un chanteur dans un cabaret vers qui les lumières de la scène pointaient, ses traits s'adoucirent immédiatement et son sourire éclata de tout son blanc. Il venait d'apercevoir sa belle Eugénie, celle dont les souvenirs l'avaient gardé en vie tout l'hiver durant. Il était éperdument amoureux, complètement malade d'amour envers cette femme aux allures de guerrière, sa douce Viking comme il se plaisait à écrire dans son journal, le soir à la lueur de sa lampe de chevet. Il n'avait pas revu Eugénie depuis une longue année et même si leur histoire avait été brève, Philip n'avait jamais senti son cœur battre si fort, il était enivré par le simple toucher d'Eugénie. Tout d'elle lui rappelait les sermons de l'église sur l'entrée des mortels au paradis. Il avait trouvé le paradis sur terre.

Ce matin-là, Philip avait pris le traversier sous prétexte d'accompagner son père qui était venu rencontrer le patriarche de la famille Dugal, un riche financier qui avait perdu des plumes durant les années de misère suivant ces années folles qui avaient révolutionné le marchandisage du plaisir. Le père de Philip avait en tête de racheter presque tous les avoirs des Dugal, il flairait la bonne affaire, avec le réfrigérateur électrique qui venait d'être inventé et sur le point d'être commercialisé, le marchand de glace Dugal ferait faillite, et les embargos sur le bois allaient lui coûter le reste de sa fortune, une chance en or pour un vautour comme Baier.

Eugénie n'osa s'approcher plus près, de risque que les gens autour d'elle ne réalisent que le sourire de Philip lui était destiné, il ne fallait pas être un détective pour voir l'amour entre ces deux cachottiers, une énergie lourde de désir, un halo de lumière semblait entourer tout le quai dès le moment où ils posèrent les yeux l'un sur l'autre. La jeune femme échappa une larme, tant de désir réprimé était en train de faire des ravages dans tout son être, elle avait envie de partir à la course vers Philip, de se donner corps et âme à lui, et peut-être que si ce n'était pas de ses deux enfants, ces petits miracles qui égayaient ses journées les plus grises, elle aurait flanché et tout plaqué pour être avec celui qu'elle aime. Mais il y avait aussi Antoine, bien qu'elle ne l'aimât pas d'une passion de brousse, elle l'aimait tout de même et jamais elle n'aurait eu le courage de lui faire subir cette humiliation sociétale que celle d'être cocu !

De plus, ses enfants auraient connu une descente infernale dans les cercles élitistes de Québec, ils auraient tout perdu du capital social pour lequel Eugénie et Antoine avaient tant travaillé afin d'offrir une vie de soie à leur progéniture. Philip et Eugénie échangèrent un long regard, gardant une distance qui semblait pharaonique entre eux deux, chacun perdu dans ses pensées et revivant leur aventure de l'été passée comme une bobine qui se renfilait sans arrêt dans leur tête. Les deux âmes sœurs se parlaient sans même dire un mot, les prunelles de leurs yeux dansaient sous l'effet de l'adrénaline, la sueur dans leur dos glaçait à son passage, les émotions étaient à leur comble.

Soudainement, Eugénie rebroussa chemin, elle marchait rapidement, d'un pas décidé, elle avait revu Philip et elle s'était promis que c'était la dernière fois. Eugénie avait compris que la missive dans le journal annonçant l'arrivée du marchand Baier et de son fils pour venir « brasser » des affaires à l'île avait probablement été soumise par

Philip lui-même. Elle avait su déceler les intentions derrière une telle annonce, car c'était plutôt rare qu'un marchand fasse ce genre de déclaration publique, surtout lors d'une négociation stratégique et spontanée dans le cadre d'une acquisition. Antoine avait confirmé cette pensée pour Eugénie quand il lui avait dit ne pas comprendre le but pour Baier d'avoir publié cette annonce en forme de missive dans le journal, il sabotait ses chances en publicisant son intérêt et invitant en même temps les autres vautours de faillite. Ce commentaire d'Antoine avait confirmé les soupçons d'Eugénie.

« Mais pour quelle dévergondée cet homme me prend-il, je suis tombée dans son piège et me voilà à courir pour aller me cacher à la villa, comme une adolescente sans cervelle ! Plus jamais je ne penserai à cet homme, au diable Philip ! » se répétait Eugénie en marchant d'un pas lourd comme un soldat sur le chemin du retour, encore déboussolée par le regard échangé avec Philip.

« Attends ! »

C'était la voix de Philip qui l'appelait tout au loin. Eugénie voulait tant se retourner et elle ne put résister, son cœur croulait sous la pression de l'authenticité. Elle se retourna encore convaincue qu'elle aurait la force d'envoyer promener Philip, mais dès qu'elle l'aperçût, c'était partie remise pour la vertu des beaux dimanches. Eugénie avait le regard fixé sur Philip qui avançait lentement, presque titubant tel un marin ensorcelé par une sirène. Il lui indiqua de tourner vers l'ancienne épicerie du village en faisant un clin d'œil dans cette direction. Eugénie avait les deux pieds figés au sol, il n'y avait pas de maisons sur ce chemin et personne autour pour voir cet échange qu'elle était en train d'avoir avec Philip. Le ventre de l'amoureuse grondait de désir, une chaleur entourait son corps et ses cuisses étaient engourdies par des élancements étranges, son être en entier voulait suivre Philip. Eugénie scruta rapidement les horizons et puis s'élança à pleine jambe vers le petit sentier dans le champ derrière la rue où on pouvait jadis accéder à la petite épicerie de quartier. Le bâtiment était en crépi de chaux blanc avec des volets rouge vin et un petit toit en bardeaux de cèdre, grisants de vieillesse et pleurnichant de lichen depuis l'abandon de l'épicerie il y avait de cela une décennie.

— Philip, c'est trop risqué, si quelqu'un nous surprend même à juste nous parler, nos vies seront détruites pour toujours.

— Personne ne peut nous entendre ou nous voir ici et personne ne nous a vus prendre le chemin de l'épicerie.

Les comptoirs en bois de cette épicerie et les étagères de style apothicaire étaient recouverts d'une poussière épaisse qui avait collé avec l'humidité à l'huile de lin ayant servi de verni, des décennies auparavant. Il y avait encore quelques teintures et pots massons, un grand livre de cuir pour tenir les comptes et des objets qui jonchaient les tablettes, étiquetées à la main, à l'encre, le tout datait de bien avant la guerre. L'épicier avait fermé plus d'une décennie auparavant, précipité vers la faillite par la construction du pont de l'île, la fréquence du traversier, et le désert qu'était devenu le village de Beaulieu durant l'hiver. Les temps changeaient et les villageois de souche du village, ceux qui cultivaient la terre ou qui avaient travaillé de génération en génération pour les familles nobles avaient presque tous quitté, attirés par des opportunités plus alléchantes en ville ou dans d'autres contrées. Le village était devenu simplement un lieu de villégiature pour les bourgeois anglophones et les quelques familles francophones qui avaient tiré leur épingle du jeu. La famille d'Eugénie était l'une de celles qui habitaient ce coin de pays toute l'année durant, la plupart y venaient seulement pour la saison estivale.

Philip entrelaça Eugénie à la taille et la tira vivement contre lui, même s'il était un peu plus petit qu'elle, il avait une force puissante et masculine. Ses épaules étaient larges et d'une carrure à en déchirer les chemises, son torse était plein et découpé, son visage digne des magazines de mode de l'époque et il avait ce trou sur le menton qui faisait fondre Eugénie. Elle ne put résister et se mit à embrasser Philip avec une ardeur sans pareil, elle était déshydratée de son amour, lui seul pouvait faire bourdonner son ventre de cette façon. Leur connexion était chimique et instantanée. C'était comme si l'année qui s'était écoulée depuis leurs derniers ébats avait plutôt été une fraction de seconde. La passion parcourait leurs corps, un siège militaire sur leur conscience, ils étaient mécaniquement et spirituellement obsédés l'un par l'autre.

Les deux amants s'étaient connus l'an dernier lorsque Eugénie avait passé un mois à Montréal afin de visiter sa mère et sa sœur. Elle avait proposé à Antoine de passer tout le mois de juillet là-bas afin de profiter de l'été avec sa famille, mais elle avait aussi ajouté comme argument qu'elle en profiterait pour continuer à tisser des liens serrés avec d'autres familles de la ville, car étant résidants à l'année du village de Beaulieu et habitant bien loin de Montréal, les Riverain devaient payer visite à leurs alliés d'affaires en ville de façon sporadique, que ce soit à Montréal ou à Québec. Antoine avait donc acquiescé à la demande d'Eugénie pour cette liberté peu orthodoxe qu'elle aurait pendant un mois complet, un signe de l'homme moderne qu'Antoine était pour l'époque. Il avait beau être conservateur socialement, il était amoureux d'Eugénie et disait rarement non à ses plans les plus farfelus.

Antoine était notaire à Sainte-Pétronille par plaisir, car son père avait été un industrialiste à succès dans les années avant la guerre et sa famille avait fait fortune dans l'industrie du papier. La famille d'Antoine avait plusieurs investissements et banquiers à Québec qui s'occupaient de leurs affaires, mais afin de continuer à fructifier ses investissements, lui et Eugénie devaient souvent prendre part à des fêtes mondaines ou des voyages d'affaires à Québec et Montréal. Antoine avait rapidement réalisé que les connexions sociétales des Riverain étaient un atout majeur pour brasser ses affaires avec succès. Il avait connu Eugénie à la fin de sa vingtaine lors d'un banquet tenu au Château Frontenac pour une œuvre de charité quelconque, il y en avait tellement à cette époque, la misère corrodait les rues de Québec. Dès qu'il avait posé les yeux sur Eugénie, il en avait presque échappé son hors-d'œuvre. Antoine avait été pâmé devant tant d'élégance et de force. Eugénie avait capté son attention pour toujours.

Antoine avait vite compris qu'Eugénie faisait partie d'une longue lignée bourgeoise descendant directement des Européens allemands et anglais qui avaient transformé la ville de Québec en plaque tournante du commerce. À l'aube de la modernité, la famille d'Eugénie avait réussi à amasser assez de capitaux pour assurer à sa descendance une vie de fortune sans les aléas d'un travail corporatif.

La plus grande surprise et l'un des conflits qui avaient surgi très rapidement dès leurs premières rencontres étaient l'entêtement d'Eugénie à garder son nom de famille. Elle criait à qui voulait l'entendre que jamais elle ne nierait le nom Riverain, que pas même le pape ne la ferait changer d'identité et renier ses origines familiales au profit d'un mari. Antoine avait trouvé cela très bizarre, et quelque peu débile, car ce genre de décision pourrait créer un tumulte de honte et de rejet dans les milieux d'affaires, mais il comprit vite qu'Eugénie ne démordrait pas. Elle était née Riverain et elle mourrait Riverain. Au fil des semaines et des *courtisâmes* d'Antoine envers la belle Eugénie, elle accepta finalement de le marier et de porter son nom sur certains documents légaux et religieux, mais jamais elle ne renommerait la villa du nom de famille d'Antoine et ses enfants seraient des Riverain, peu importe si elle devait être excommuniée pour affranchir ce désir.

Ce malaise entourant le nom Riverain avait été ressenti par plusieurs des prétendants butinant aux alentours des femmes Riverain et ce, depuis des siècles, les femmes Riverain refusant catégoriquement l'asservissement à un autre nom de famille, le tout créant une certaine confusion légale et religieuse entourant la famille. Eugénie commettait-elle un crime en continuant de signer son nom de jeune fille ? La paroisse de Sainte-Pétronille n'en fit jamais un drame et, au fil des années, Antoine finit par lui-même prendre le nom Riverain, se disant qu'au passage les gens penseront que c'était son nom à lui et que sa femme avait simplement pris son nom. Est-ce que les femmes Riverain avaient toutes réussi cet exploit au fil des générations ? Il semblerait que oui, car après tout, l'argent, le vrai, est pouvoir en ce monde et quiconque détient le pouvoir peut bien créer les lois qui lui importent. Les Riverain étaient donc éparpillés aux quatre coins du monde, certain des Riverain par sang, d'autres par alliance, et plusieurs hommes des Riverains non par choix, mais par la force des femmes qui concoctaient des stratagèmes des plus complexes pour assurer la pérennité du nom. Une légende entourant la famille était que sa descendance mâle finissait toujours par mourir jeune, c'était une lignée de femmes, et étrangement la vie se chargeait de continuer cette tradition.

Ce cher Antoine ne se doutait pas qu'Eugénie était avec Philip en ce dimanche après-midi pendant qu'il s'occupait de ses héritiers, les faisant jouer à la corde à sauter dans le grand jardin arrière de la villa, le cœur plein de bonheur en pensant à sa femme qui vivait sûrement un après-midi salvateur avec sa bonne amie Camille, mais il ne connaissait pas Eugénie sous toutes ses facettes, et jamais il n'aurait accès au cœur de sa femme de la même manière que Philip, cet amant qui avait kidnappé Eugénie spirituellement.

Eugénie avait rencontré ce fameux Philip à Montréal après un après-midi passé à prendre le thé chez la matriarche de la famille Dugal, un après-midi durant lequel Eugénie avait conversé de théâtre, des grands compositeurs de l'époque, mais aussi du vote, un sujet qui causait son lot de controverses dans les cercles de bonnes mœurs. La matriarche du clan Dugal était contre le vote pour les femmes. Eugénie était, quant à elle, en faveur. Toutefois, leur discussion avait été harmonieuse. Eugénie réussit tout de même à convaincre Mme Dugal d'offrir une invitation à sa fille, Clarisse, au bal des débutants à Québec, celui de la petite fille Dugal, et décrocha au passage une invitation au camp de tennis à Contrecœur, une activité bourgeoise où les familles de bonne réputation envoyaient leurs enfants durant l'été, question qu'ils tissent de nouvelles alliances et se fassent de futurs partenaires d'affaires. C'était une victoire pour Clarisse, la fille d'Eugénie, elle aurait le privilège de côtoyer la petite fille de Mme Dugal et d'être initiée dans des cercles beaucoup plus nobles que ceux qu'Eugénie avait fréquentés dans sa jeunesse. Même si Eugénie était l'une des femmes les plus fortunées de Québec, elle jouait dans les ligues mineures en comparaison aux fortunes d'après-guerre de Montréal.

Eugénie était dans son élément, attablée dans la salle de séjour des Dugal. Ce qui avait l'air d'une dégustation de thé à l'anglaise était plutôt un tissage de liens commerciaux de haut niveau. Eugénie nageait comme un poisson dans l'eau lors de ces discussions intellectuelles avec Mme Dugal. Son voyage à Montréal à la conquête de nouvelles amitiés et alliances bourgeoises avait été jusqu'à présent empreint de succès. Eugénie avait toujours milité bec et ongles pour participer aux efforts mercantiles de son mari, car bien qu'il fût un gestionnaire chevronné, elle voulait garder un œil sur sa fortune familiale ; les femmes Riverain avant elle avaient été socialement identiques, soumises et mineures aux yeux de la loi et sur papier, mais elles étaient les vraies cheffes d'orchestre. La fortune familiale avait toujours été gérée par les hommes qu'elles avaient mariés, mais jamais cette fortune n'aurait autant fructifié sans ces femmes, car le plus gros du commerce international se créait dans les salons de thé, dans les cours d'église le dimanche, aux congrès de mode féminine, partout où la gent féminine régnait à l'époque. Antoine le répétait souvent, plusieurs de ses associés en affaires écoutaient plus leur femme que leur banquier quand venait le temps de faire un investissement !

C'est en sortant de chez mme Dugal, en plein quartier *Golden Mile* à Montréal, qu'Eugénie fit la rencontre de Philip. Elle déambulait à la recherche d'un cocher taxi sur la rue Sherbrooke alors qu'un de ces taxis s'approcha finalement et lui fit signe d'entrer. Eugénie souleva sa longue jupe en accordéon et embarqua dans la voiture. Elle n'eut pas le temps de reprendre son souffle après cette frénésie engendrée par la recherche d'un taxi à l'heure de pointe que son cœur fit mille tours lorsqu'elle réalisa que le taxi était déjà occupé par un autre client.

— Je suis désolé, on m'a indiqué que le char était libre, avoir su je n'aurais jamais embarqué avec autant de prétention, bonne journée.

— Restez, ce n'est pas grave, la note du taxi cocher sera payée par moi étant le premier à y être embarqué, je dirai au cocher de vous laisser ou vous le voulez par la suite. C'est probablement une erreur de sa part, mais je concède que c'est plutôt saugrenu comme situation ! Dans tous les cas, je ne peux laisser une jeune femme de votre calibre déambuler en ville toute seule et sans accompagnateur, laissez-moi vous ramener chez vous svp.

— Je ne crois pas que ce soit approprié que nous partagions ce taxi.

Philip lui sourit et Eugénie eut l'impression que sa vie allait changer pour toujours, elle savait qu'elle devait sortir, s'enfuir de ce wagon le plus rapidement possible, mais elle était clouée sur le siège, immobilisée et figée, incapable de bouger. Le destin était plus fort qu'elle. Mais qui était ce fou qui l'avait laissé monter alors que le taxi était déjà occupé ?

Qui était ce bel inconnu qui lui souriait d'un air espiègle ? Pourquoi n'était-elle pas capable de bouger, de s'enfuir ? Eugénie comprit finalement le sens de l'expression « coup de foudre ».

— C'est l'un des derniers taxis à cheval, profitons-en, les voitures à moteur sont en train d'envahir tout le centre-ville !

— Je n'ai pas remarqué. D'où je viens, les voitures à moteur ne sont pas encore autant répandues. Pour ma part, j'aime beaucoup plus le trajet à cheval, ces bêtes me semblent beaucoup plus fiables que toutes ces inventions motorisées sorties d'un radio-feuilleton de science-fiction !

— Vous me voyez bien surpris d'entendre telle sottise, sauf tout le respect que je vous dois Miss, *I think you are wrong, motorized vehicles will revolutionize the world and going forward, it is the only way!* Et puis il ne reste presque plus de chevaux dans les centres urbains et vous me semblez beaucoup trop jeune pour avoir connu la belle époque des calèches, vous semblez plutôt avoir l'âge d'une femme née dans un monde motorisé !

— *Maybe.*

— Vous parlez anglais alors ? Je suis Philip, Philip Baier, mon père est marchand et homme d'affaires à Québec et Montréal.

— Oui, je parle anglais, un pan de ma famille est d'origine britannique et j'ai passé plusieurs étés dans des camps de tennis là-bas.

— Wow, tennis ! Vous êtes très bizarre, vous !

— Pardon ? Je croyais avoir affaire à un gentleman, mais clairement ce cocher taxi avait l'idée de m'humilier en me laissant embarquer dans cette voiture avec un homme de si piètre convenance !

Je débarque.

— L'humour, ça vous connaît ? Je ne voulais pas dire bizarre avec une connotation négative, c'est simplement que devant moi se tient une femme qui joue au tennis, parle anglais couramment bien que clairement une Canadienne française, vient d'une contrée lointaine où les moteurs sont des démons, mais qui sort de la maison des Dugal en plein après-midi… une aristocrate avec une vie et une histoire qui semblent vraiment intéressantes, c'est ce que j'aurais dû dire au lieu de bizarre, mais vous voyez mon français me joue parfois des tours !

— Vous semblez pourtant très bien maîtriser le français, par contre vous êtes loin d'être perspicace, je ne suis pas une aristocrate, loin de là, et la contrée lointaine d'où je viens produit clairement des spécimens mâles de qualité supérieure à ceux de ce quartier !

Eugénie ne comprenait pas ce qui l'habitait, pourquoi continuer à dialoguer avec ce mécréant ? Il l'avait traitée d'aristocrate, un terme avec lequel elle n'entretenait pas une hargne particulière, mais qu'elle avait appris à détester avec Antoine. Son mari avait bâti une grande partie de son identité sur le fait d'être un entrepreneur et non un riche de naissance. Antoine et sa famille étaient de ces Canadiens français qui avaient su tirer leur épingle du jeu le siècle passé et créer de toute pièce une fortune bien à eux, sans titre de naissance ni cuillère d'argent dans la bouche. Eugénie trouvait le terme « aristocrate » déplacé, une insulte souvent lancée en Europe à l'époque à toute personne née d'une bonne famille… mais Eugénie comprenait que si Philip l'avait vue sortir de chez Mme Dugal, il devait s'imaginer qu'elle était une femme de société, une héritière du passé glorieux du *Golden Mile.* Ces femmes qui sont à Paris un moment, à un bal à New York l'autre et qui lapident les fortunes familiales à coups de fourrures et d'investissements sans fondement. Mais Eugénie était une insulaire avant tout, une guerrière de la neige et des hivers froids à l'île, une fière campagnarde. Sa famille était l'une des seules à habiter la pointe ouest de l'Île d'Orléans de façon permanente. Ils étaient des bourgeois de fin de semaine, mais des Orléanais de tous les jours.

— Votre chapeau est absolument ravissant, je n'ai jamais vu un rouge aussi écarlate, il semble tout droit sorti d'un défilé de mode de Paris.

L'œil de marchand de Philip avait repéré un accoutrement qui laissait présager un pedigree plutôt avantageux chez la belle Eugénie. Elle avait beau vouloir se faire croire qu'elle était une campagnarde fortunée qui levait le nez sur les histoires mondaines de la ville, Eugénie était effectivement l'héritière d'une fortune européenne et elle dégageait une certaine qualité qui ne pouvait cacher ses origines. Philip était finalement plus perspicace que ce qu'elle croyait.

— Merci, c'est un chapeau qui m'a été offert par… ma sœur.

Eugénie avait menti, c'était Antoine, son mari, qui le lui avait offert, mais pour une raison qui lui échappait, elle avait évité la mention de son mari, sa bague de mariage dissimulée sous ses gants blancs. Elle ne pouvait quitter Philip du regard, ne comprenant toujours pas pourquoi elle restait dans ce taxi, mais Philip était beau. Un peu impoli, mais il la faisait rire. Une recette qui a su conquérir le cœur des femmes depuis bien avant la venue au monde d'Eugénie, et elle ne serait pas celle qui changerait cette danse amoureuse entre homme et femme. À chaque passant, Philip faisait un commentaire de la petite fenêtre de la voiture. Elle essayait de ne pas s'esclaffer en écoutant ses remarques moqueuses sur tout ce qu'il observait par la fenêtre, mais son sens de l'observation et son humour rendaient le tout difficile.

Elle perdait de plus en plus son aura de femme de bonnes mœurs, au profit d'une Eugénie qui n'existait que dans son jardin secret. La vraie Eugénie, une femme rieuse et espiègle, coquette et amoureuse, quelque peu sauvage et vampirique. Le dressage qui s'imposait dès l'enfance avec sa classe sociale avait eu raison de sa nature détendue et romantique. Elle avait rapidement englouti les leçons de protocole et avait scellé son engagement envers la dynastie associée à son nom de famille, délaissant au passage sa nature joyeuse et amoureuse pour devenir une femme de société qui avait pour mission la continuation du nom Riverain. Eugénie essayait tant bien que mal de se ressaisir, elle devait se rendre chez une autre dame dans le quartier voisin à Outremont, l'épouse d'un médecin avec qui son mari Antoine avait des investissements communs. La mission d'Eugénie était de solidifier cette alliance en devenant amie avec la femme dudit médecin, mais voilà qu'elle oubliait assez vite cette mission au profit d'une autre, celle de tomber éperdument amoureuse de Philip, cet inconnu aux yeux d'un bleu perçant.

— Est-ce que je peux vous inviter à aller déguster la meilleure des entrecôtes du centre-ville ?

— Non.

Il était hors de question d'être vue en public avec ce bouffon, si l'une des connexions de son père ou de son mari l'avait vue, elle aurait pu tout perdre et causer un émoi dans toute sa communauté. Il était évident pour Eugénie que les choses se faisaient différemment ici à Montréal, un vent de changement soufflait, elle avait vu plusieurs femmes porter des ensembles beaucoup moins restrictifs, au look plus androgyne. Les mollets et les coudes semblaient apparaître partout où elle regardait, des femmes non accompagnées qui déambulaient partout, seules, sans gouvernantes ni servantes. Des restaurants pleins à craquer, des amis du sexe opposé.

Montréal était beaucoup plus moderne que Québec, la vieille conservatrice. Eugénie ne savait pas quoi en penser, c'était un monde qui la choquait chaque fois qu'elle venait en visite. Bien qu'elle passât le plus clair de son temps au village de Beaulieu à l'île, elle se rendait tout de même à Québec régulièrement et était donc accoutumée au rythme social de cette ville. Montréal la désorientait. 1938 était une année sombre à Montréal, un nuage noir qui ne décollait pas depuis la grande dépression, mais qui parfois se dissipait par un beau samedi d'été, ces jours où les Montréalais s'affairaient à faire ce qu'ils affectionnaient le plus, « la débauche », comme disait la mère d'Eugénie, car malgré le climat économique de l'époque et l'emprise de l'église catholique sur le grand Montréal, l'ADN de cette ville mère était trempé dans le gin et les fous rires. Québec était un notaire avec un habit en laine brune alors que Montréal était depuis toujours une danseuse de cancan !

Philip tergiversa durant de longues minutes avec la belle Eugénie pour essayer de la convaincre de lui octroyer quelques heures de son temps. Il était en plein fantasme romantique, il n'avait jamais ressenti ce qu'il ressentait à cet instant présent, c'était comme s'il flottait à quelques pouces du sol et que retomber sur la terre ferme semblait impossible. La connexion entre Eugénie et Philip était spontanée, chimique et non logée dans l'intellect, mais dans la notion du coup de foudre, quelque chose qui assomme et qui donne des ailes en même temps.

« D'accord, je vous suis. »

Dès qu'elle eût prononcé ces mots, Eugénie regretta amèrement d'avoir accepté cette invitation salace… mais qu'est-ce qui lui prenait ? Pourquoi dire oui à l'invitation d'un pur inconnu à un souper qui ne semblait pas platonique ? Pourquoi acceptait-elle les avances de cet homme alors qu'elle était mariée ? Le diable, cet ange déchu auquel Eugénie n'avait jamais cru, devait avoir jeté un mauvais sort sur toute sa personne, elle ne contrôlait plus ses pensées ni ses agissements. Mais Philip était charmant, elle avait ressenti dès qu'elle l'avait vu une chaleur au ventre, son cœur battait la chamade et elle n'avait jamais vu Antoine la regarder comme Philip la regardait, il semblait obnubilé par sa présence. Elle ne savait rien de lui, il aurait pu être un meurtrier comme ceux qu'elle s'amusait à découvrir dans les journaux venus de Londres, cette ville où les étrangleurs et tueurs de jeunes femmes se multipliaient comme des lapins. Allait-elle être la première proie d'un tueur en série s'inspirant de l'étrangleur de Londres ? Est-ce qu'elle serait la première Riverain à tout perdre pour les yeux d'un homme ? Eugénie était absolument confuse, incapable de formuler une pensée logique. Elle ne pensait qu'à toucher les bras de Philip avec sa main, elle voulait tâter ses biceps, un acte puéril et absolument ridicule, mais elle ne pouvait s'empêcher de le vouloir. Les biceps de Philip étaient saillants dans son veston de laine, sa carrure imposante comme une statue romaine, et ses lèvres pleines étaient juste un peu rosées ; une bonne prédisposition naturelle, un gage de fertilité. Les femmes n'auraient pas pu imaginer un homme plus désirable. Eugénie allait à jamais se rappeler l'odeur de la peau de Philip et la pression de son toucher, cette surprenante rencontre dans le taxi changerait sa vie à jamais… tout comme celle de sa famille.

Durant l'entièreté du mois de juillet 1938, Eugénie continua à voir en cachette cet homme inconnu, mais qui était devenu son plus grand confident, leur connexion était cosmique, nul besoin de s'expliquer, nul besoin de suivre les protocoles, nul besoin de faire semblant. Elle pouvait se mettre à nu devant lui. Eugénie « l'étoile », comme Philip la surnommait, était en vie dans les bras de ce gaillard au sourire ravageur. Elle lui avait avoué être mariée, il avait souri et l'avait embrassée. Il le savait déjà, l'ayant deviné dès leur première conversation. Il n'était pas du genre à s'amouracher d'une femme mariée, mais il lui disait ne pouvoir s'en empêcher, que peut-être il ne serait jamais son mari, mais que dans son cœur, il serait toujours l'homme de sa vie.

Les deux virent une romance empreinte de mystère et d'exaltations durant tout le mois que dura la visite d'Eugénie, elle devait inventer des prétextes pour se libérer de sa mère et de sa sœur, elle mentait aussi au maître d'hôtel qui semblait toujours trop curieux de ses allées et venues. Eugénie était en amour. Ce mois à Montréal avec Philip était si court dans sa tête qu'elle n'avait pas le temps de s'ennuyer des siens.

La seule chose qui lui donnait des relents de nostalgie était l'air du fleuve, celui de son village de Beaulieu, le refuge qu'était la villa. Elle culpabilisait de ne pas s'ennuyer de son mari et de plutôt s'ennuyer du fleuve, mais elle ne pouvait s'en empêcher. Elle avait marié le fleuve du village Beaulieu bien avant d'avoir marié Antoine. Elle s'était liée d'amitié avec les arbres centenaires du cimetière du village bien avant de tisser un lien profond avec sa sœur et elle s'était amourachée des fleurs du printemps qui jonchaient les routes de l'Île d'Orléans bien avant d'avoir aimé ses enfants.

Eugénie et Philip passèrent un mois de juillet dans les bras l'un de l'autre, et jamais ils n'eurent de conversations concernant le futur de cet amour si puissant. Ils savaient tous les deux que cela allait prendre fin à la fin du mois de juillet et Eugénie priait le bon Dieu tous les soirs pour que les vents d'automne effacent cette aventure à son retour sur l'île. Elle priait chaque soir pour être libérée de cette passion qu'elle ressentait pour Philip.

« Arrête, je ne peux pas t'embrasser ici, si proche de ma maison, ma famille, je suis une traîtresse et une femme sans valeurs, je me déteste Philip pour ce qu'on a fait l'été passé, j'ai jeté toutes tes lettres. On doit tout oublier. »

Philip avait bel et bien envoyé des lettres à Eugénie durant l'hiver, des lettres d'amour, mais des lettres envoyées sous le nom d'Anabelle Lanctot, une amie fictive qu'Eugénie aurait rencontrée à Montréal l'été précédent. Eugénie n'avait pas jeté les lettres, elle les avait lues et bues, comme une alcoolique à la bouteille, et elle les avait rangées en secret dans le grenier dans la vieille malle que sa grand-mère lui avait jadis donnée. Antoine allait rarement au grenier, c'était le refuge d'Eugénie.

« Je t'aime, Eugénie. »

Et comme ça, à travers les sacs de farine moisis, dans la noirceur de la vieille épicerie du village, les cannes de conserve chancelantes, les trous dans la structure de bois de la bâtisse qui laissait jaillir une lumière jaune et chaude d'été, Eugénie fit l'amour avec Philip une dernière fois. Les deux âmes sœurs finirent en larmes, nus l'un contre l'autre, Eugénie en pleine extase, mais aussi habitée par un sentiment de culpabilité qu'elle n'avait jamais autant ressenti. Elle se détestait, une femme de bassesses, indigne de sa famille et de ses enfants, les seuls autres êtres sur cette terre qu'elle aimait plus qu'elle-même, que Philip. Elle trahissait le nom Riverain, un nom fier et droit, et elle mettait en péril l'avenir de sa famille, sa dynastie, elle qui avait été élevée pour la convenance, le devoir, à la manière d'une future reine d'Angleterre. Eugénie était le cœur et les poumons du village de Beaulieu, elle était une figure de proue dans la communauté insulaire, mais elle agissait maintenant en dévergondée. Elle avait résisté à l'envie de répondre aux lettres de Philip, elle avait su esquiver les voyages à Montréal avec son mari toute l'année durant, mais voilà qu'en un instant, elle avait tout misé pour se retrouver une fois de plus dans les bras de son beau Philip.

Eugénie caressait doucement le visage de Philip, des larmes coulaient sur son visage. Elle savait qu'elle ne le reverrait plus jamais.

— Je ne veux plus jamais te voir Philip. Stp, ne reviens plus jamais ici, sur mon île. Si tu me vois ou si tu me croises à Québec ou Montréal, fais comme si je n'existais pas. Je n'en peux plus de cette douleur, notre amour est impossible. Je ne laisserai jamais Antoine pour toi, le divorce n'est même pas permis et jamais je ne détruirais ma famille. Je n'ai aucune idée pourquoi la vie a fait en sorte que nous nous croisions. Avec toi, je ne suis pas capable de me contrôler, de rester entre les lignes et les murs qui ont été tracés autour de moi, je ne peux m'empêcher de sauter, de défaire tous ces murs de convenances et de t'aimer, mais ce n'est pas réaliste. C'est trop douloureux.

— Je vais respecter ton souhait, Eugénie, plus jamais tu n'entendras parler de moi. Je veux juste que tu saches que je te porterai toujours dans mon cœur, que si tu entends parler de mon mariage futur, de ma famille future, de moi, de ma vie, rappelle-toi que jamais au grand jamais je ne serai heureux, que le dernier moment de bonheur que Dieu m'a donné dans cette vie, c'était aujourd'hui, quand j'ai pu être un homme avec toi.

Eugénie pensa tout bas que c'était plutôt le diable qui avait orchestré cet amour impossible, parce qu'une si grande douleur jumelée à un plaisir si exhilarant ne pouvait pas venir du bon Dieu, mais seulement de son alter ego, Lucifer le damné.

Philip se leva et regarda Eugénie une dernière fois, il lui sourit et lui donna un dernier baiser sur le front, le goût salé de sa peau à jamais gravé dans sa mémoire.

Eugénie demeura de longues minutes seule, assise sur le plancher de la vieille épicerie, sa robe saupoudrée de poussière, tâchée par la saleté comme son âme, parce que même si la jolie rousse était une femme libérée pour son époque, elle avait quand même reçu une éducation très catholique. Elle ne pouvait s'empêcher de penser qu'elle avait commis un péché capital, une fois de plus. Eugénie ne pleurait pas, elle était figée dans son chagrin, vidée de son humanité. Pour quel printemps vivrait-elle maintenant ? Le jeu entre Philip et elle était bel et bien terminé pour de bon, elle savait qu'il respecterait son choix et ne la contacterait plus jamais puisqu'il était gentleman jusqu'au bout des doigts. Le cœur d'Eugénie était tant fracturé que le seul effluve de l'odeur de Philip dans le petit local humide et chaud de l'épicerie était comme des coups de fouet, des coups de poignard dans sa poitrine.

Elle ne pourrait plus jamais même lire le nom de Philip dans un roman quelconque sans immédiatement mourir intérieurement de nouveau. L'amoureuse déchue se résigna à retourner à sa vie et sortit par la porte arrière de l'épicerie, les tempes encore humides de cette danse des corps qu'elle avait performée avec Philip, ses pieds étaient bien posés sur le sol, pourtant elle avait l'impression de s'envoler, elle était présente de corps, mais son cœur et son âme avaient quitté avec Philip. Elle n'était plus qu'une dépouille, vidée de toute humanité, dépossédée de ses rêves et de sa lumière. Un mélange de culpabilité et de haine, d'amour et de plénitude jouait un concert dans sa pensée. Comment un homme avec qui elle avait passé tout au plus quinze jours de sa vie avait-il le pouvoir d'anéantir son cœur au grand complet, quel genre de magicien était-il et existait-il un antidote à cette affliction ?

Faisant les cent pas pour rentrer à la maison, Eugénie passa par le champ derrière l'épicerie qui mène à la villa Riverain mais qui passait aussi par la berge du fleuve. Elle avait envie de se jeter à l'eau, de laisser le désespoir l'emporter. Mais comme elle avait survécu toute l'année sans Philip, bien que l'espoir l'eût nourrie quand même un peu, elle se devait de survivre à cette mort émotionnelle, ses enfants avaient besoin d'elle, Antoine ne méritait pas une femme morte dans une marée haute dans des circonstances douteuses, ce serait la honte pour sa famille. Eugénie se résigna à rentrer à la maison et s'essuya le visage avec son mouchoir de coton, essuyant Philip de sa psyché du même geste.

« Maman, tu es rentrée ! Regarde ce que Gertrude nous a montré ! »

Gertrude, la servante qui vivait avec eux depuis toujours, avait montré aux enfants à faire des bouquets de fleurs sauvages, à juxtaposer les couleurs ensemble de manière à créer un bouquet harmonieux. Eugénie sourit, ses petits trésors n'avaient aucune idée que leur mère était une traîtresse qui avait laissé ses envies gagner. Elle prit sa fille dans ses bras, l'embrassa longuement sur le front.

« Maman, ça ne va pas ? »

De grosses larmes coulaient sur les joues d'Eugénie.

— Oui ma chérie, tout va bien, je suis seulement émue par ces beaux bouquets de fleurs. N'oubliez pas de remercier Gertrude d'avoir joué à la gouvernante avec vous aujourd'hui, c'était de la bonté du cœur, car ce n'est pas son travail !

— Ça m'a fait plaisir, Madame, je les aime tellement ces petits bouts-là.

Eugénie monta les escaliers menant à l'étage, la main caressant la manche du grand escalier de merisier, la villa était son refuge, elle savait que son cœur allait guérir, qu'elle n'était probablement pas la première femme au cœur brisé à hanter ces murs glorieux de papier peint de soie. Ce qu'Eugénie ne savait pas encore, c'est que ce dernier moment charnel avec Philip allait fructifier dans son ventre et qu'elle allait bientôt devoir vivre une deuxième peine d'amour, encore plus profonde que celle-ci.

3 – LA TRAHISON

C'était l'une de ces nuits qui n'en finissent plus, le genre de nuit qui semble durer des semaines. Céleste tournait sur elle-même, ajustait son oreiller tel un boulanger devant une mie à pétrir. Froid, chaud, couverture, pas de couverture, quelque chose clochait. Pierre n'était pas rentré de son souper avec ses collègues. Ce n'était pas tellement hors de son habitude, car, après tout, il était un grand publiciste à Place Ville Marie, le style de carrière qui te consomme, t'amadoue lentement à coup de bonus et de prestige, mais qui finit aussi par t'engouffrer.

Céleste en avait marre de toujours se chicaner avec Pierre parce qu'il ne passait pas assez de temps avec elle. Céleste voulait avancer, fonder une famille ; elle avait trente-sept ans, c'était le moment de faire grandir des enfants sans trop de risques. Elle le savait, elle le sentait dans son for intérieur, comme une assurance viscérale que c'était maintenant ou jamais. Elle qui n'avait jamais été « gaga » devant les bébés ne pouvait penser à autre chose ces derniers temps, un coup de marteau de mère Nature qui activait son cerveau reptilien, la partie du cerveau qui gère nos envies et réponses les plus primaires et animales. Ou était-ce plutôt une pression sociétale accrue depuis qu'elle était entrée dans la période floue de la fin de la trentaine ? Ou peut-être une façon de solidifier un couple qui bat de l'aile ? La « biologie » a le dos large.

Aucune réponse à ses messages textes. « Quand rentres-tu ? Il est 4 h du matin, je m'inquiète. ». Pierre faisait la sourde oreille.

Et puis, le petit matin arriva, Pierre était à côté d'elle, il ronflait comme à son habitude. Il avait dû rentrer au courant de la nuit, au moment où Céleste s'était endormie avec son cellulaire dans les mains avec son ressentiment bourdonnant entre ses deux tempes.

« Pourquoi tu ne m'as pas répondu hier ? Je sais que tu avais un souper avec le travail et que tu es libre de faire comme bon te semble, mais moi je m'inquiétais et les soirées où tu reviens à la maison passé minuit commencent à se multiplier, ça ne rejoint pas mes besoins affectifs. »

Céleste tentait dernièrement d'exposer ses sentiments et de faire valoir ses besoins sur un ton respectueux, pas du tout alarmiste et plutôt en « je », c'était sa thérapeute et coach de vie qui lui avait recommandé d'essayer de faire comprendre à Pierre ses besoins émotionnels sans le brusquer ni le blâmer. Mais voilà des mois que Céleste jouait de cette stratégie, et ce, avec peu de succès. De plus, on aurait dit parfois qu'elle répétait des paragraphes appris dans un magazine de psychologie, le genre qui traîne dans les cliniques dentaires du centre-ville.

— Es-tu en train d'insinuer quelque chose là Céleste ?

— Non, mais je trouve que c'est bizarre que tu préfères passer plus de temps au travail qu'avec moi, ta femme, ta famille. On était toujours ensemble avant, on faisait les mille coups, on allait au théâtre, on profitait des bons restos, je ne me sens plus comme ta *partner in crime* ces temps-ci et je n'aime pas ça.

— Ah, encore la même chicane qui commence, je te le répète mille fois de plus, je t'aime et non je ne te trompe pas.

— Mais pourquoi tu agis comme si j'étais une maniaque incontrôlable hystérique qui n'a comme seule pensée que son mari la trompe ? Merde ! je n'en peux plus que tu sois réducteur à ce point avec moi ! Est-ce que tu savais que je m'en fous si tu me trompes ? Je m'en contrefiche, ce que je veux c'est être la priorité dans ta vie, et depuis l'année passée, je ne le suis plus.

C'était un mensonge, même si Céleste trouvait ça tellement beau l'amour libre que les plus jeunes se permettaient, les *Gen Z*, pour elle, le sexe et l'amour était intimement lié. Même ses amis gais qui semblaient filer le parfait bonheur depuis une bonne décennie en se permettant d'être en amour, mais libres sexuellement, ne la convainquaient pas d'emprunter ce chemin. Elle ne pouvait s'en empêcher. Céleste était une lionne, une avide amoureuse, une amante complètement et éperdument dédiée à son partenaire de vie, on aurait dit d'elle qu'elle était une louve. Céleste aimait, aimait et aimait encore plus, sans demi-mesure et sans désir pour un autre. Elle voulait secrètement ce qu'elle avait perçu chez ses grands-parents, une monogamie à l'extrême, celle de l'ancien temps, et même si sa thérapeute à 230 $ l'heure lui répétait que la société avait changé, que l'égalité homme femme ne viendrait pas en restant dans les vieux carcans misogynes de l'ancien temps et que l'amour devait être redéfini dans cette nouvelle ère dans laquelle on évoluait, Céleste voulait l'amour, le vrai, celui qu'elle considérait comme étant le vrai. Elle ne portait jamais de jugement sur la vie des autres, Céleste était d'une bonté humaine, d'une telle force que le jugement ne trouvait pas un terreau fertile dans son cœur et sa tête, mais elle avait tout de même ses idées à elle, ses valeurs et ses limites aussi.

Pierre quitta le condo pour le travail alors que Céleste s'affairait dans la cuisine à préparer son petit déjeuner. Elle entendit une vibration, un cellulaire, pourtant le sien était sur silence, juste à côté d'elle. Elle se mit à chercher la source du bruit, mais d'où venait cette vibration incessante ? Elle réalisa que Pierre avait laissé son cellulaire sur le comptoir de la salle de bain. Quelle gaffe ! Il allait probablement revenir en courant le chercher, il ne faisait qu'un avec cette petite machine. Céleste s'amusait souvent à le taquiner sur son obsession avec son cellulaire, son deuxième pénis comme elle l'avait surnommé, puisqu'il y tenait et le louangeait comme un gamin qui mesure sa verge dans un vestiaire de hockey. La rousse aux yeux émeraude ne demandait jamais à voir le téléphone de son amoureux, car une telle jalousie serait comme un cancer dans sa relation. À quoi bon être en couple avec quelqu'un s'il n'y a pas de confiance, de vie privée, un minimum de « jardin secret » ?

Céleste prit le téléphone et le déposa à côté d'elle dans la cuisine dans l'attente du bruit que la porte d'entrée ferait à tout moment quand Pierre reviendrait au condo criant au meurtre qu'il avait oublié son cellulaire. Mais l'écran ne dérougissait pas, quelqu'un bombardait Pierre de messages textes, l'appelait, le harcelait carrément. Céleste sentit une vague d'anxiété la doucher complètement, une marée haute d'intuition, un débordement de savoir féminin, quelque chose était en train de se produire. Elle prit le téléphone dans ses mains et comme par magie l'écran se déverrouilla. Pierre avait enlevé la fonction du mot de passe de son cellulaire, probablement lorsqu'il avait gardé sa nièce la fin de semaine passée, elle allait sur YouTube sur son cellulaire. Il avait dû oublier de remettre son mot de passe. Céleste, elle, n'avait jamais verrouillé son téléphone, se disant qu'elle n'avait rien à cacher à Pierre, mais Pierre avait toujours insisté qu'il verrouillait son téléphone puisqu'il y avait des données confidentielles de ses clients au travail.

Céleste commença à lire les messages textes qui défilaient devant ses yeux. Une torpeur s'installa lorsqu'elle comprit que Pierre avait bel et bien une amante sérieuse, non pas une histoire de fesses, mais une double vie. Une maîtresse, à qui il disait vouloir quitter sa femme et fonder une famille avec elle. Le nom de l'émetteur des messages en question était Paul Lavallé, mais Céleste n'était pas dupe, elle savait que Paul était le nom du partenaire d'affaires de Pierre et que clairement il avait enregistré le numéro de sa maîtresse sous le nom de Paul afin de faire taire les soupçons. Quel salaud, pensa Céleste.

« Vas-tu la laisser un jour ? Ça fait des mois que tu me le promets Pierre. Je suis enceinte de toi bordel, quand vas-tu mettre tes culottes et finalement nous laisser vivre notre amour au grand jour ? Céleste ne te comble pas, tu me le dis toujours. Je te mets un ultimatum, tu as jusqu'à vendredi pour tout avouer à Céleste et venir habiter à mon condo avec moi. »

On aurait dit qu'une fièvre Ebola venait d'attaquer Céleste, un virus qui aurait fait les manchettes à travers le monde tellement il assommait notre héroïne. Tout le système nerveux de Céleste était en alerte ; l'explosion de Tchernobyl, mais à Rosemont. Elle s'agrippa au comptoir de cuisine et eut une pensée rapide qui la ramena à ce jour si heureux quand elle et Pierre avaient choisi ce matériel pour le comptoir, cela faisait partie du projet de rénovation complète de leur condo, ils avaient fait de ce haut de triplex un joli nid d'amour, et Céleste avait toujours caressé l'espoir que la deuxième chambre, le « bureau » comme Pierre l'appelait constamment dans un effort de négation du désir de Céleste d'avoir un enfant, allait un jour être une chambre de bébé. Mais voilà que Pierre avait fait un enfant à une autre.

Les mains moites, la goutte de sueur au front, la bouche sèche comme une adolescente en pleine présentation orale, Céleste sentait le vertige l'envahir. Elle avait la carrure d'une femme *viking*, mais à cet instant, elle avait l'impression d'être fragile, minuscule et dépourvue de sang, comme si tout son sang avait quitté ses veines, un état de choc total. Tout s'effondrait. Sept ans de vie commune avec Pierre, l'homme qu'elle croyait être son âme sœur, celui qu'elle avait rencontré au début de sa trentaine, tardivement, comme sa mère le lui avait répété mille fois. Céleste ne pouvait pas concevoir qu'elle avait mal investi et qu'elle subissait maintenant la pire des débâcles émotionnelles, le retour sur son investissement serait nul et même négatif, car elle y laisserait une partie de son cœur à jamais.

« J'ai oublié mon cell ! Batince… l'as-tu vu chéri ? »

Quand il entra dans la cuisine, il comprit immédiatement. C'était un beau gars, Pierre, grand, blond, aux yeux verts et à la carrure d'un joueur de football américain, mais Céleste à ce moment précis le trouvait d'une laideur abasourdissante, un « Gollum » des bas-fonds. En le regardant à cet instant précis, Céleste ne voyait pas l'homme qu'elle aimait. Un voile, une aura sombre et lugubre avait remplacé le look habituel de Pierre.

— Je vais tout t'expliquer, c'est toi que j'aime, je te le jure.

— Tu lui as fait un enfant, tu es un vrai trou de cul ! Un salaud, un pervers fini et tu me dégoûtes !

C'est ce que Céleste avait envie de lui répondre, mais les Riverain n'avaient pas été élevés comme ça, ils étaient plus du genre à garder leur colère à l'intérieur, à prioriser les actions au-delà des mots. Une fierté sans borne faisait la réputation de la famille Riverain et Céleste en était une descendante. À travers les époques, les hauts et les bas, les femmes Riverain avaient amassé une force intérieure hors du commun, et Céleste, bien que peu au courant de son héritage et de ses origines, était tout de même une Riverain, et son chagrin ne paraîtrait pas. Elle ne perdrait jamais la face devant un ennemi, une seconde nature s'était embrayée en vitesse supérieure dans tout son être. La fragile et pleurnicheuse Céleste n'était plus de ce monde à cet instant-là. Elle était remplacée par une lionne féroce et pour qui la fierté allait être une armure.

Céleste déposa le téléphone sur le comptoir, doucement, les mains tremblantes. Pierre était sans mot, debout devant elle, bouche bée, il ne savait plus quoi dire, quoi faire. Céleste se dirigea vers leur chambre, ouvrit le placard et prit sa valise Vuitton, un cadeau de Pierre, car il voulait qu'elle ait une valise de luxe pour la visite familiale en France dans la famille de Pierre, des bourgeois qui aimaient jouer aux aristocrates de salon. Céleste empila les vêtements, les chaussures, dans un désordre hors du commun, alors qu'une cacophonie était en train d'exploser autour d'elle. Pierre la suivait pas à pas en criant qu'il l'aimait, qu'il allait faire mieux, qu'il allait laisser sa maîtresse, que ce n'était que du sexe et qu'il n'était pas le père du bébé. Plus il en rajoutait, plus il se contredisait.

« Je vais la forcer à avorter, je te le jure, c'est toi ma famille. »

Céleste le trouvait ignoble de prononcer ces mots. Sa grand-mère lui avait souvent dit que les hommes étaient comme des serpents, ils virent fou et mordent quand ils sont confrontés. Elle avait bien raison, l'homme déchu qui se trouvait devant elle n'était pas l'homme duquel elle était tombée amoureuse. Pierre apparaissait à ses yeux comme une coquille humaine, sans contenu, de l'air, du vide. Comment avait-elle pu tomber en amour avec un charognard pareil ?

Céleste était en mode pilote automatique et finissait de faire ses bagages dans une stoïcité qui aurait fait peur au plus aguerri des guerriers. Elle pliait chaque chandail de façon méticuleuse, ses traits ne trahissaient aucune émotion, ses joues sèches de larmes, mais au fond de sa poitrine, son cœur était engagé dans une valse frénétique, un pompage de sang et d'émotions qui aurait causé une crise cardiaque à n'importe qui d'autre. Une sorte d'énergie effroyable se dégageait de Céleste, elle avait mis la *switch* à *off*, jamais auparavant dans sa vie n'avait-elle été aussi solide face à l'adversité. Était-ce sain ? Non, une souffrance de ce calibre se doit d'être exprimée, vécue et vomie. Mais Céleste avait choisi la survie, la protection, la force de l'indifférence plutôt que la douleur que des insultes et des coups auraient causée à Pierre. Elle savait que l'arme la plus fatale était l'indifférence face à un mégalomane narcissique comme Pierre.

« Mais tu vas aller où ? Tu me quittes pour de bon ? Tu quittes notre nid d'amour, celui qu'on a construit ici, tu es d'une lâcheté sans borne Céleste, tu nous abandonnes, tu n'es pas la femme de famille que je pensais avoir mariée. Une petite erreur et voilà que tu me jettes comme des ordures, clairement tu n'aurais pas été une mère formidable, comme la mienne, une mère qui sait se battre pour son homme ! »

Odieux et complètement rempli de désillusion, c'était comme ça que Céleste interprétait les vannes lancées par Pierre alors qu'elle quittait le pas de la porte. La manipulation ne fonctionnerait pas avec elle, elle avait bien beau être une traditionaliste qui voulait le conte de fées, elle n'était pas une sotte pour autant.

— Judy, je peux venir vivre chez toi quelque temps ? Pierre et moi, c'est fini.

— Pardon, je ne comprends pas.

— Il n'y a rien à comprendre, là je suis avec mes bagages au parc Maisonneuve, assise dans du gazon, j'ai l'air d'une itinérante en fin de vie tellement j'ai pleuré. Oh, je ne devrais pas dire ça, c'est tellement horrible, bien sûr que les itinérants ont la vie plus dure que moi, je suis une conne finalement.

— Calme-toi, chérie, je vais venir te chercher. Et je ne sais pas ce qui s'est passé entre toi et Pierre, mais on n'a pas le temps pour le *politically correct* aujourd'hui, si tu veux insulter tous les itinérants de la terre, fais-le ma belle.

Céleste avait effectivement l'air pénible au milieu de ses valises dans un parc déserté, pas parce que ce n'était pas un beau parc ; le parc Maisonneuve est magnifique et verdoyant de beauté, mais il pleuvait à siaux, le parc était désert et maussade. Céleste avait marché de son condo jusqu'au parc, sans aucun but, comme une vagabonde en quête d'un monde meilleur. C'était illogique, pourquoi n'avait-elle pas tout simplement pris un taxi, pourquoi marcher un gros kilomètre pour se réfugier dans un parc tout détrempé ? Mais pour Céleste, c'était logique, elle s'était enfuie là où il y avait le plus de nature possible en pleine ville, dans le grand parc Maisonneuve trôné par de majestueux arbres centenaires et bordé par le Jardin botanique.

Ce parc avait des airs tropicaux durant les beaux jours de juillet. Ça lui rappelait l'Île d'Orléans, ces moments en enfance où elle se sentait si libre, habitée d'une plénitude sans borne. Céleste avait eu beau tout essayer, le naturel revenait au galop, elle n'était pas une fille de la ville, même si elle avait marié un Parisien ultra citadin et qu'elle-même n'avait jamais vraiment habité la campagne. C'était pourtant là qu'elle se sentait le plus elle-même, comme si elle était confortée par le néant, les champs de blé et les oiseaux qui réveillent tout le monde à l'orée du jour. Le parc Maisonneuve, en cette journée fatidique du mois de mai, faisait office de refuge naturel pour Céleste, une oasis dans une jungle de ciment où chaque coin de rue lui rappelait Pierre et lui causait une nausée sans pareil. Céleste ferma ses yeux et réalisa qu'elle était perdue, qu'allait-elle faire ? Où allait-elle habiter ? Comment allait-elle avancer avec un cœur si amoché ? Ces interrogations seraient bientôt répondues et apaisées, mais Céleste ne le savait pas encore.

— Ma cocotte, mais qu'est-ce que tu fais détrempée en plein jour dans ce parc ? Tu vas attraper une pneumonie.

— Il me trompe, Judy.

— En es-tu certaine, vous avez eu une grosse chicane ? C'est normal, ça arrive à tous les couples, même les plus solides.

— Non Jud, j'ai trouvé les messages textes, elle est enceinte, c'est un vrai salaud !

Un éclair rageait dans le ciel au moment où Céleste avait prononcé sa hargne, comme si les dieux avaient senti sa colère et l'encourageaient, la reconnaissaient. Mère nature avait apparemment entendu ses cris et se joignait à ses hurlements.

« Oh fuck, what a piece of shit! »

Judy et Céleste, c'était une autre histoire d'amour, platonique, mais pour la vie. Elles s'étaient rencontrées au cégep dans un cours de biologie. Judy était anglophone, mais ses parents la poussaient à suivre ses études en français, question de pouvoir naviguer le marché de l'emploi au Québec plus facilement. Céleste avait grandi dans la banlieue nord de Montréal, un milieu empreint de diversité, où l'anglais, le créole, l'italien et l'arabe se mélangeaient tel une symphonie des temps nouveaux. Céleste s'était toujours foutu éperdument des origines des gens qu'elle côtoyait, ce qui l'intéressait était le cœur d'une personne. Elle avait un don pour dénicher les meilleures des amies depuis la petite enfance et quand elle avait vu Judy arriver dans le cours de biologie, frêle, pâle et le regard hagard, elle avait senti un instinct maternel s'installer en elle. Un petit oiseau avait besoin d'elle.

C'était seulement des mois plus tard que Céleste avait réellement compris qui Judy était. Un beau matin du mois d'octobre, les deux amies avaient décidé de *« foxer »* leur cours d'éducation physique et de plutôt aller passer la matinée au parc Lafontaine, non loin de leur cégep. Elles s'étaient assises devant l'énorme étang, l'air froid d'octobre les avait poussées à s'emmitoufler dans leur foulard de laine acheté dans une friperie du plateau. Elles étaient devenues, en quelques mois, de meilleures amies, des âmes sœurs. Leurs parents s'étaient réjouis que ces deux-là se soient trouvées dès la première année du cégep, sachant trop bien que ces années de jeunesse étaient souvent passées en beuverie et en peine d'amour, « l'adulescence », comme disait le père de Céleste. Les deux bébés lionnes passaient des heures à jaser de tout et de rien, de leur futur, du programme qu'elles allaient choisir à l'université, des gars qui leur tapaient dans l'œil dans leur programme, de la fois ou elles avaient réussi à rentrer dans un bar-club avec de fausses cartes achetées dans un appartement miteux d'Hochelaga. À dix-sept ans, les journées ne sont pas assez longues pour tout ce qu'on a à se dire.

— Je sais que tu le sais.

— Hein, de quoi tu parles, je sais quoi ? Mon Dieu, tu es tellement cryptique depuis notre cours de philo, il ne faut vraiment pas que tu lises trop de Platon toi, car tu deviens un peu folle !

Mais Judy ne riait pas. Céleste ne comprenait pas.

— Ben voyons, qu'est-ce qu'il y a ? Je blaguais, ne le prends pas mal.

— Non ce n'est pas ça, Cel, je m'en fous de ta *joke* sur mon amour bizarre du cours de philo. Ce que je veux dire c'est que… je sais que tu sais mon plus grand secret.

Céleste savait ce que Judy allait lui dire, elle l'avait su dès leur première rencontre dans le cours de biologie. Ça ne paraissait pas tant que ça et vraiment ça ne sautait pas aux yeux, mais ça se voyait quand même et les rumeurs et moqueries que Judy semblait endurer en silence avaient confirmé ce que Céleste pensait. Mais jamais elle n'aurait confronté sa meilleure amie sur ce sujet, cela lui appartenait. Céleste était née dépourvue de jugement négatif, une qualité selon elle, mais un défaut et un excès de naïveté selon sa mère.

« Je le sais, mais moi je t'aime et tu es mon amie de fille, ma sœur et ma meilleure amie. »

À dix-sept ans, on tisse des liens profonds rapidement, l'amitié est contagieuse à cet âge-là et Judy et Céleste avaient attrapé le virus.

— Je suis une femme, tu sais, dans ma tête je le suis, dans mon corps, pas encore tout à fait, mais Judy c'est mon nom, je sais que tu as vu sur mon permis de conduire quand j'ai passé mon examen le nom Charles, mais lui il est mort depuis des années.

— Charles, je ne le connais pas. On n'a même pas à dire son nom, j'imagine que ça te cause de la peine si on le dit. Tu es Judy et je t'aime comme ça. Un jour, la société va évoluer, et que tu sois Judy, Charles ou Johanne, ça ne sera pas un *big deal*. Je ne comprends peut-être pas tout, mais moi si tu me dis que tu es Judy, alors tu es Judy. En attendant que la société évolue dans le bon sens, sache que je suis ta meilleure amie et qu'avec moi, tu n'as pas à cacher cette partie de ta vie, de ton identité. Je ne comprends pas tout, c'est vrai, mais j'essaie.

— Tu vas me faire brailler, Cél.

Ce fut à ce moment précis que l'amitié entre Judy et Céleste fut scellée à jamais.

Et c'est pour ça que Céleste savait qu'aujourd'hui, au beau milieu du parc Maisonneuve, détrempée et le cœur brisé en mille morceaux, qu'elle allait pouvoir compter sur Judy, sa *best*. Elles avaient grandi ensemble, poussé comme de mauvaises herbes dans toutes les directions, mais elles s'étaient toujours retrouvées. Une amitié qui aurait été digne d'un film pour ado, cet âge où l'on est persuadé que tous nos amis resteront pour la vie, une magnifique naïveté de l'enfance qui ne dure pas, mais Judy et Céleste allaient gagner ce pari et être amies pour la vie.

Juste au moment de mettre sa valise dans le coffre d'auto de Judy, une petite mini Cooper aux allures de bolide intergalactique, le téléphone de Céleste sonna. Elle pensait que c'était Pierre, ou pire sa mère, que Pierre aurait pu alerter afin de « raisonner » la tigresse qu'elle était devenue, mais c'était plutôt un numéro inconnu dans le 418. Céleste aurait habituellement ignoré l'appel, ne connaissant pas l'appelant, mais elle n'avait pas les idées claires et décida de répondre.

— Attends deux secondes, Jud, je reçois un appel bizarre.

— Oui, allo ?

— Bonjour, Mme Riverain, je suis Me Lloyd, le notaire de votre grand-tante Eugénie, je voulais savoir si nous pouvions prendre rendez-vous à mon bureau de Québec de manière assez urgente. Votre grand-tante vous a légué certains biens dans la succession.

Céleste eut une pensée si triste en se revoyant apprendre la nouvelle de la mort de sa grand-tante, quelques années auparavant, elle n'était jamais allée la revisiter depuis l'adolescence, et elle se sentait si coupable, car elle avait toujours su au fond d'elle qu'elles avaient une connexion spéciale, quasi secrète, cosmique. Juste le fait d'entendre le nom d'Eugénie la replongeait immédiatement dans un souvenir d'enfance, l'un de ces après-midi à se balancer sur le grand terrain humide et verdoyant de la villa de sa grand-tante, un thé glacé au bleuet à la main et le sourire fendu jusqu'aux oreilles, et surtout, les éclats de rire de son frère Thomas, comme une mélodie d'un temps révolu. Céleste se ressaisit et répondit :

— Oui, mais je suis plutôt occupée ces temps-ci, on ne peut pas faire ça à distance, je ne peux pas imaginer que ces biens dont vous parlez doivent m'être transmis en personne ? De quoi parle-t-on exactement, je pense que vous vous trompez, ma grand-tante avait plusieurs arrière-petits-enfants et je ne l'ai pas vue depuis au moins vingt ans, je doute qu'elle m'ait laissé quoi que ce soit. De ce côté de la famille, ils sont très soudés et surtout ils sont nombreux, éparpillés à travers le monde. Et aussi, Eugénie est décédée il y a plusieurs années déjà, alors je ne comprends même pas pourquoi il y a encore une question de succession.

— Tout au contraire, Mme Riverain, votre héritage est tellement significatif que je ne peux vous en parler au téléphone et les procédures de succession dictent que je dois vous expliquer le tout en personne. Votre grand-tante m'a laissé des instructions claires et, croyez-moi, il n'y a pas d'ambiguïté par rapport à ce qui vous revient.

— Ehh… okay. Écoutez, ce n'est pas un bon moment, je vais vous rappeler, dit-elle avant de raccrocher.

— C'est quoi qui se passe ? As-tu gagné le million, coudon ?

— Ce notaire me dit que ma grand-tante Eugénie m'aurait légué des biens significatifs, tellement significatifs que je dois me rendre en personne à son bureau de Québec pour obtenir plus d'explications et procéder à la succession. C'est complètement insensé, pourquoi ce n'est pas mon père qui aurait été nommé au testament, il doit y avoir une erreur. Je n'ai vraiment pas la tête à ça aujourd'hui.

— Ça sent le *road trip* entre filles ça ! dit Judy en rigolant.

Elle vit rapidement que Céleste n'avait pas le cœur à l'humour et prit un ton plus concerné.

— Ta grand-tante Eugénie ? Ben, tu m'en parles souvent, et ce depuis vingt ans, *maybe she felt the same way about you?*

Quand Jud retombait dans son anglais maternel, Céleste savait qu'elle était sérieuse.

— Peut-être, on verra bien. Je t'en ai parlé beaucoup ces dernières années de ma grand-tante Eugénie ? Je n'ai pas ce souvenir-là.

— Tu me niaises ? Chaque fois que tu bois plus de deux verres de vin, tu déblatères pendant des heures sur la déesse qu'était Eugénie, de ta culpabilité de ne pas l'avoir revue, mais surtout, tu nous casses les oreilles avec de longues descriptions des fleurs, des plantes, du fleuve, des fenêtres de la maison d'Eugénie. Ça n'en finit plus !

Céleste ne se doutait pas qu'à travers la tourmente qu'elle traversait en cette journée pluvieuse du mois de mai, un cadeau d'espoir, empreint d'amour et qui allait l'amener sur un chemin de vie complètement différent, était en train de se dessiner… l'île l'appelait et ne prendrait pas un refus comme réponse.

4 - EUGÉNIE, 1939 LE PÉCHÉ A SES CONSÉQUENCES

Eugénie se réveillait avec la nausée tous les matins. Gertrude, la bonne qui travaillait avec la famille depuis des décennies, entendait les échos d'Eugénie qui était indisposée et elle commençait à se demander si un troisième petit héritier allait voir le jour. La pauvre dame caressait l'espoir d'un troisième bébé pour la maisonnée, malgré le fait qu'elle n'avait pas eu la charge officielle des deux premiers, car elle n'était pas gouvernante, mais simple ménagère. Malgré cela, elle se disait que puisque la dernière gouvernante avait quitté de manière nébuleuse, peut-être que cette fois-ci Eugénie lui confierait un petit héritier, elle aurait tant aimé cette responsabilité, cette confiance.

Effectivement, Gertrude avait un très bon sixième sens, car Eugénie était bel et bien enceinte, mais le père n'était pas Antoine, mais plutôt Philip, et Eugénie le savait de source sûre puisqu'elle n'avait pas eu de contact marital avec Antoine depuis l'hiver dernier. Leurs ébats étaient devenus de plus en plus espacés, comme une occurrence sporadique ici et là. Malgré ce que sa mère lui avait confié le jour de ses noces, Eugénie avait toujours aimé faire l'amour avec Antoine, puisqu'avant de rencontrer Philip, elle n'avait connu que l'amour d'Antoine, son seul point de repère.

Antoine était doux et Eugénie pleine de vie, une combinaison qui avait mené à plusieurs feux d'artifice entre les deux époux, de longues nuits entrelacées à s'aimer jusqu'au petit matin. Mais depuis qu'Eugénie avait connu les feux ardents avec Philip l'été dernier, la passion qu'elle avait jadis cru ressentir pour Antoine semblait plutôt être de la petite braise et l'envie de faire l'amour ne lui venait plus. Eugénie portait un amour véritable à son mari, mais le désir, l'amour délirant décrit dans les livres, récité dans les radio-feuilletons qu'elle écoutait lorsqu'elle était en ville avec sa mère, cet amour-là, elle ne l'avait connu qu'avec Philip.

Eugénie s'observa longuement dans le miroir de sa chambre, la petite bassinette d'eau devant elle, pour sa toilette du matin, un cadeau tout de porcelaine chinoise offert à elle et Antoine par un couple d'amis de New York qui avait passé une semaine à l'île il y a de cela quelques étés. Des souvenirs de cette semaine qui avait été tellement revivifiante pour les deux couples lui revenaient en tête, l'eau du fleuve était chaude et les esclaffements des uns et des autres faisaient office de mélodie du bonheur, cela avait été une semaine d'été des plus épiques, l'une de celles dont on se souvient pour toujours. Des moments qu'on aimerait figer dans le temps.

Tout cela semblait à des années-lumière maintenant, car Eugénie savait que la vie grondait dans son ventre, qu'elle était appelée à nouveau à devenir un portail entre le monde des mortels et l'au-delà, mais cette fois-ci, bien qu'elle soit le vaisseau de cette petite âme sur terre, elle savait pertinemment qu'elle ne serait pas mère à nouveau, c'était impossible. Eugénie n'osait même pas non plus penser à l'avortement, ce qui impliquerait de trouver un charlatan qui s'improviserait médecin pour mettre fin à sa grossesse. De plus, le tout était hautement illégal et sa conscience de bonne chrétienne l'en empêcherait.

Le progrès social était aux portes du Québec, mais de grands pas devraient être faits avant que la femme ne soit complètement libre. Eugénie n'avait pas l'autonomie complète de son corps. Qui plus est, elle nourrissait une fantaisie absurde, que cet enfant serait une marque dans le monde de cet amour si puissant, mais impossible qu'elle avait connu avec Philip. Elle voulait mettre au monde ce bébé qui aura été conçu à travers un amour extraordinaire et digne des plus belles proses de Molière.

— Tu vas visiter ta sœur à Québec cette semaine, ma belle Eugénie ?

— Oui, je compte prendre le traversier et revenir la semaine suivante, même jour, même heure. La gouvernante sera disponible et s'occupera des petits jusqu'à mon retour, et Gertrude est là en renfort s'il y a quoi que ce soit.

— Tu es souvent partie ces temps-ci, est-ce que ta sœur a tant besoin de toi ? Pourquoi tu ne me dis pas exactement ce qui lui pose un problème, et pourquoi elle te réquisitionne aussi souvent ces semaines-ci ?

— Elle a besoin de moi, des problèmes féminins, tu ne comprendrais pas, Antoine.

Il n'en fallait pas plus pour convaincre Antoine de ne pas continuer son inquisition, la seule mention de problèmes à caractère féminin rebutait sa curiosité d'un seul coup, comme quoi tout ce qui touche au féminin n'était pas d'intérêt pour un homme de son temps, ou bien l'effrayait complètement.

Eugénie embrassa ses enfants, Clarisse, sa plus grande, et Arthur, son plus jeune, les deux amours de sa vie, la prunelle de ses yeux. Un grand sentiment de culpabilité se dessinait dans son visage en quittant la demeure familiale. Elle avait laissé ses faiblesses d'esprit l'emporter sur son meilleur jugement, et maintenant elle devait gérer une situation malencontreuse qui l'amenait à passer du temps loin des siens, de ses enfants ; quelle mère indigne, se répétait-elle en jetant un dernier regard dans le miroir du portique d'entrée. Les tuiles de céramique blanche et bourgogne semblaient valser tellement le motif du plancher était magnifique. Un céramiste venu de Montréal et ayant importé des tuiles du Portugal avait complètement rénové le petit portique menant au lobby principal de la villa.

Eugénie était en pleine autoflagellation, scrutant le miroir devant elle afin de déceler un brin d'humanité. Était-elle un monstre condamnable ou le produit d'une société malade et trop restrictive ? Des larmes gonflaient dans ses grands yeux verts, comme une marée au printemps qui n'en finit plus de monter. Eugénie enfila son manteau de laine noir, cintré à la taille et qui lui donnait des allures de starlette américaine, ces femmes croqueuses d'hommes dans les grands films américains.

Malgré la distance séparant l'île des centres urbains, Eugénie avait toujours trouvé le moyen de se procurer les derniers habits à la mode, et elle aimait gambader au village le dimanche, vêtue de la tête aux pieds d'habits importés d'Europe. L'éclat de jalousie, mais aussi d'envie, d'autres villageois, la nourrissait d'une fierté malsaine ; c'était le seul moment où Eugénie se permettait de baigner dans son pouvoir, son privilège d'être fortunée.

L'été venu, les autres bourgeois revenaient au village, ne faisant d'elle qu'une parmi tant d'autres, mais l'automne et l'hiver durant, elle était la seule femme bien nantie dans les environs, et elle ne pouvait s'empêcher de se sentir comme une déesse ayant main mise sur un royaume et ses serfs.

Eugénie se ressaisit et sortit de la villa, le bruit de ses petits talons carrés résonnant sur le bois sec d'automne de la galerie avant. Un tableau automnal se dessinait comme trame de fond en avant d'elle, la beauté de l'île connaissait son apogée en ces semaines entre l'été et l'automne, ces semaines où une robe de soie pouvait convenir en soirée, mais seulement avec un châle ou un petit manteau de berger, l'air étant de plus en plus frais. Ces semaines-là étaient souvent oubliées, méprisées de tous, des mi-saisons peu attrayantes, mais Eugénie y trouvait un confort.

L'air était comme suspendu en ce matin du mois de septembre. La belle rousse, statuesque par son énergie, mais aussi par sa corpulence, descendait le chemin de la villa vers la route principale, elle se dirigeait vers le traversier, le cœur meurtri, mais avec un espoir d'avoir trouvé une solution à son problème. Eugénie se trouvait aussi méchante et sans scrupule que Lilith à cet instant précis, et pourtant, elle avait seulement profité de quelques moments de plénitude, de bonheur sans conventions, dans un monde et une société qui construisaient des murs autour de chaque femme, les mettaient en prison, une prison dorée de vertu, loin de la perdition qui venait avec la liberté absolue.

Après un long périple de quelques heures au départ de son village de Beaulieu, Eugénie arriva finalement à la rue des Remparts à Québec, là où sa sœur demeurait dans une maison de pierres grises de style victorien et qui faisait face au fleuve, une vue qui lui permettait d'apercevoir au loin la pointe de l'île où sa chère sœur habitait et où elle avait elle-même grandi. La sœur d'Eugénie n'avait jamais voulu habiter à la villa Riverain et avait obtempéré au désir de sa sœur d'en hériter et d'y habiter avec Antoine. Cela avait soulagé Cheryl, cette petite sœur à la crinière de lion d'un blond framboise qui avait marié un riche Irlandais ayant fait fortune dans le domaine de l'impression et du papier.

De toute manière, son mari était Irlandais, mais il avait des origines diverses et il se plaisait à dire qu'il était ¼ africain, ¼ arabe et ½ Irlandais, mais ce que les gens de l'époque remarquaient n'était pas son accent irlandais ou sa connaissance presque parfaite des plus grandes batailles anglaises des derniers siècles. Non, ce que les gens de la ville de Québec et du village de Beaulieu avaient remarqué tout de suite, c'était son teint foncé, ses yeux noirs comme la nuit et ses cheveux d'une texture plus crépue et plus dense. Les gens *méméraient*, plus par curiosité et ignorance que par hargne véritable, mais cela avait confirmé le choix de Cheryl de ne pas habiter au village Beaulieu avec son mari. Il méritait mieux que des regards et des questionnements constants sur ses origines.

La ville de Québec était tout aussi conservatrice, et c'était pour cela que Cheryl et Scott avaient décidé de passer le plus clair de leur temps à Montréal et New York, mais ils avaient tout de même gardé un pied à terre à Québec, puisque la ville était encore un point central du commerce mondial à travers son port. Cela permettait au passage de garder les liens avec la sœur de Cheryl et certains vieux amis de Québec. Eugénie taquinait souvent sa sœur lorsqu'elle l'entendait dire qu'elle avait gardé un pied à terre à Québec, car la maison qu'ils détenaient sur la rue des Remparts était tout sauf un pied à terre. C'était plutôt un manoir aux allures gothiques sur plusieurs étages, orné de nombreux détails scintillants dignes du château de Windsor.

Cheryl ne manquait jamais une occasion de déverser son mépris envers la ville de Québec, et ce, chaque fois qu'elle visitait sa sœur chérie. La citadine avérée venait de moins en moins à Québec depuis qu'elle et son mari étaient en pleine construction de leur nouvelle maison à Outremont, un petit refuge des riches bourgeois francophones, une oasis de raffinement à une époque où la misère courait les rues et où les quartiers centraux de Montréal étaient le théâtre d'une pauvreté nauséabonde. Cela détonnait grandement du dortoir qu'était en train de devenir la ville de Québec, une ville qui avait jadis été construite sur le commerce, le port et les innovations du siècle dernier, une plaque tournante pour les arts. Mais voilà que Québec était maintenant contrôlée par les vieux banquiers, les notaires amoureux du clergé et les protocoles sociétaux lourds, un petit coin de la vieille Europe dans une Amérique moderne.

Cheryl répétait constamment à Eugénie et Antoine que la vie à Montréal était fabuleuse, avec ses racoins rappelant Paris, ses ruelles évoquant New York et sa population de toutes les couleurs et origines. Les années 30 étaient la confirmation de Montréal comme plateforme économique du Québec, du Canada et même de l'Amérique, alors que Québec continuait de sombrer dans l'oubli, sa dorure d'autrefois de moins en moins reluisante. Mais Québec restait l'endroit où Cheryl aimait se réfugier, près de sa sœur, près de l'île où elle avait grandi, car même si elle avait décidé de quitter son village natal puisque vivre dans un village à moitié déserté ne lui semblait pas attirant, elle aimait y habiter non loin. Comme si l'énergie de cette île si magique pouvait quand même venir la nourrir de l'autre côté de la rive. Elle était une Orléanaise et en serait toujours une, peu importe ce qu'elle se plaisait à dire dans les cercles mondains de la grande ville.

Cheryl était le contraire d'Eugénie, une femme qui aimait par-dessus tout le plaisir et qui avait une ouverture d'esprit phénoménale pour l'époque. Elle était tout sauf ennuyante, et contrairement à Eugénie qui aurait pu sembler de l'extérieur comme une traditionaliste s'accrochant à la mission de continuer les coutumes et affaires de la famille Riverain, Cheryl était complètement affranchie de ses origines. Elle profitait du statut social obtenu à la naissance, mais elle se foutait éperdument de la pérennité de la dynastie familiale, et les histoires qui s'étaient répétées de génération en génération depuis le Moyen-Âge l'ennuyaient à mourir. Cheryl était vivante et elle comptait vivre à cent milles à l'heure.

Eugénie complimenta sa sœur sur la nouvelle décoration du lobby et du parloir, de majestueux divans en velours rose aux accents baroques qui faisaient bonne figure à travers les nombreuses boiseries d'un bois rouge foncé, un rouge bourgogne tellement exaltant qu'on aurait dit que l'ébéniste avait utilisé de vrais pigments de cerise. Ces cerises gorgées de jus et de sucres qui finissaient le plus souvent par terre, au pied de cerisiers assoiffés d'eau en plein été. Les multiples lampes aux accents orientaux, les fougères Boston fournies ajoutant du volume dans le grand parloir juste à droite de l'opulent lobby d'entrée étaient tout simplement ravissantes.

Cheryl appuya sur le bouton noir surmonté d'une plaque dorée sur le mur et les lumières s'allumèrent d'un seul coup. L'électricité était arrivée à Québec plusieurs décennies auparavant, mais à l'île où Eugénie vivait, seulement quelques pièces de la maison y avaient accès, et elle faisait toujours le saut en voyant de ses yeux autant d'électricité dans une même pièce. Plusieurs trouvaient l'éclairage électrique trop fort, comme une loupe qui fixait sa cible sur les défauts de chacun et chacune. La servante de Cheryl se présenta et débarrassa Eugénie de sa valise et de son manteau.

— Tu dois partir à New York.

— Mais de quoi parles-tu, je ne peux abandonner les miens, mes enfants, mon île, Antoine...

— Tu vas y revenir, mais pour l'instant, tu dois aller donner naissance là-bas, notre cousine va t'héberger, tout est déjà arrangé. Antoine saura que ce n'est pas le sien, il n'est pas dupe, tu vas tout perdre, tu dois absolument… t'en débarrasser.

Eugénie avait quelque peu oublié la franchise acide de sa petite sœur. Cheryl avait une vraie crinière de lionne et elle avait aussi les atouts spirituels de ces félins redoutables. Elle avait toujours refusé d'avoir des enfants et pour une raison qu'Eugénie avait toujours ignorée, le mari de Cheryl n'avait jamais chigné ni même protesté. Il avait compris que sa femme ne serait jamais mère et lui jamais père de famille, cette vie de couple nomade et excentrique leur convenait, bien qu'atypique pour l'époque. Ils avaient mis le tout sur le compte de la santé précaire de Cheryl afin de ne pas remettre en doute la ferveur masculine et la fertilité du mari, une réputation qui aurait pu lui coûter plusieurs investissements en affaires, car personne ne veut s'associer à un faible. Déjà qu'il avait réussi à construire un empire financier en défiant les préjugés d'une époque où des origines différentes étaient habituellement gage d'une vie parsemée de discrimination et de rejet. Mais ce que personne ne savait, pas même Eugénie, c'est que le mari de Cheryl était en fait très heureux de cet arrangement avec sa femme, puisque ses intérêts n'étaient pas envers les belles dames du dimanche, mais plutôt les *gentlemen*. Cela devait rester caché vu les répercussions désastreuses que la vérité aurait eues sur la vie de tous ses proches, il aurait été un paria, considéré comme un lépreux et un malade mental.

Cheryl l'aimait tout de même, elle était en amour avec lui depuis le moment où elle avait posé ses yeux sur lui. Son intelligence l'avait complètement charmée. Ils étaient parfaits l'un pour l'autre, et même si son mari se privait de vivre une vraie histoire d'amour avec un homme, puisque c'était inconcevable à cette époque, leur arrangement les rendait confortables tous les deux. Scott était tout de même très amoureux de Cheryl, mais d'un amour fraternel, platonique et familial, ce qui était déjà bien mieux que plusieurs couples de l'époque qui étaient mariés pour la convenance et se détestaient le soir venu.

« Ne parle pas comme ça, m'en débarrasser, tu n'as pas de cœur. »

Eugénie se mit à sangloter. Elle aimait tant Philip et elle aimait déjà son enfant qui se lovait au creux de son ventre, elle ne faisait qu'un avec lui ou elle.

— Je m'excuse, ma sœur, je pense seulement à ton bien. Il n'y a pas d'autres options, tu dois aller à New York.

— À une condition, je ne peux pas abandonner ce bébé, le laisser dans un orphelinat ou, pire, à de bonnes sœurs qui le traiteront comme une corvée malheureuse. Tu dois en faire ton enfant.

— Jamais ! Tout le monde sait que Scott et moi ne sommes pas… ce genre de couple, et tout d'un coup un bébé apparaît, c'est illogique. Je n'élèverai pas ton enfant, je ne garderai pas sous ma tutelle ton erreur toute ma vie.

— Je t'en supplie, Cheryl.

Les larmes d'Eugénie et l'amour profond qu'elle lui portait eurent gain de cause auprès de Cheryl et il fut convenu que Cheryl irait à New York avec Eugénie sous prétexte d'un malaise soudain qui nécessiterait des mois de traitements dans un hôpital de New York. Une fois la tempête passée, elles révéleraient qu'elle était enceinte et avait eu besoin de sa sœur Eugénie pour l'accompagner dans des traitements expérimentaux afin de préserver la grossesse, puisque Cheryl avait connu maintes fausses couches auparavant. Le tout semblait farfelu aux oreilles des deux sœurs lorsqu'elles se mirent à répéter leur concoction dramatique, mais le désespoir si pesant d'Eugénie les convainquait que c'était la meilleure des solutions.

— Tu ne peux pas retourner à l'île, on doit quitter cette semaine pour New York. C'est maintenant ou jamais, sinon tu perdras le courage de tes actions.

— Mes enfants, je ne peux pas les abandonner comme ça !

— Appelle-les, nous avons le téléphone maintenant, je sais que tu m'envoies encore des lettres et des notes par messager, mais bordel, Eugénie, tu as le téléphone dans le bureau d'Antoine et moi ici dans le secrétaire, appelle-le et raconte-lui l'histoire qu'on vient d'inventer. Il ne pourra pas dire non ou te forcer à rentrer à la maison. Je suis ta sœur en couche et j'ai besoin de ton aide. Il serait socialement impensable qu'il dise non.

Eugénie appela son mari et répéta les mots dictés un à un par sa sœur Cheryl, l'histoire décousue selon laquelle Cheryl était enceinte, ne pouvait en parler à personne, devait suivre des traitements pour s'assurer que la grossesse se rende à terme, que son mari Scott ne pouvait l'accompagner et qu'Eugénie était la seule pouvant servir d'assistance. Antoine acquiesça et, étrangement, ne fit aucune remontrance à Eugénie, n'essaya même pas de la dissuader de ne pas aider sa sœur, de ne pas l'abandonner avec les enfants durant des mois, ce qui rendait Eugénie tellement inconfortable. Pourquoi Antoine était-il si compréhensif et serein en apprenant son plan farfelu de quitter pour New York d'une façon si inopinée ? Se doutait-il de la vérité ?

Ce qu'Eugénie ne savait pas, c'est qu'Antoine était beaucoup plus perspicace qu'elle croyait et il avait remarqué la rondeur de sa femme au niveau de l'abdomen. Il savait très bien que cet enfant n'était pas le sien, comment aurait-il pu concevoir un enfant sans contact avec sa femme ? Il était croyant, mais il était plus un catholique de convenance qu'un croyant aveugle. Mais la passion qu'Eugénie ressentait pour Philip, lui la ressentait pour elle.

Antoine aimait Eugénie d'un amour pur, total et protecteur et jamais il ne la jugerait pour les actes qui l'avaient menée à sa condition actuelle. Son orgueil était égratigné et son cœur brisé de savoir que sa femme vivait une autre vie, une vie à laquelle il n'était pas greffé, mais il savait qu'elle aimait leurs enfants et qu'elle choisirait le chemin du retour vers l'île dès qu'elle le pourrait. Antoine savait au fond de lui-même qu'Eugénie était une femme de parole, guidée par la droiture des Riverain, et qu'elle resterait sa femme à tout jamais, sa Eugénie, l'amour de sa vie et il savait aussi que peu importe ce qui s'était passé et avec qui cela s'était produit, Eugénie allait lui revenir, toujours.

En raccrochant le combiné du téléphone noir patent de son secrétaire, Antoine prit une longue respiration, comme dans l'espoir de chasser ce mauvais rêve. Il avait le cœur en morceaux en pensant qu'un autre avait eu tant de proximité avec sa Eugénie, mais il savait depuis l'enfance comment mettre ses sentiments dans un petit tiroir dans le fond de sa pensée, verrouillé, et comment jeter la clef à tout jamais. Il était de ces hommes, les Canadiens français qui avaient réussi dans la vie grâce au courage et à l'ingéniosité de leurs actions, nés avec une cuillère de bois dans la bouche contrairement aux protestants de Montcalm et de Westmount qui ne vivaient que pour la convenance et le paraître.

Antoine était un homme profondément empathique pour son temps, moderne même, et il savait qu'il devait dire oui à Eugénie et la laisser partir pour le bien de sa famille. Au-delà de la tristesse d'être trahi, il avait une peine immense pour sa femme, celle qui s'apprêtait à abandonner un enfant à une autre, mais il avait compris la ruse voulant que Cheryl fasse semblant que cet enfant est le sien. Cela amenait un peu de réconfort à Antoine sachant qu'Eugénie allait tout de même pouvoir être assurée que ce bébé allait grandir dans une famille entourée d'amour.

Antoine se demandait si Scott avait été mis au courant du stratagème des deux lionnes ou si elles avaient répété à cet autre mari dupe la même histoire sans queue ni tête. Antoine aimait bien Scott et avait un respect immense pour son intellect, il faisait même appel à ses conseils parfois lors de grandes transactions commerciales dans ses affaires. Nul n'avait la pensée stratégique de Scott, il était maître de la négociation, il avait un don pour dénouer les plus serrés des nœuds en affaires. Antoine était au courant de la double vie de Scott et de ses aventures homosexuelles à Montréal, mais il ne le jugeait pas. Il se disait que le Bon Dieu l'avait envoyé sur terre avec ce combat et ces envies hors normes et que ce fardeau était assez grand comme punition. Il serait cruel de l'ostraciser ou de dévoiler ses secrets.

Le stratagème des deux sœurs se mit en branle à une vitesse

ahurissante. Scott fut mis au courant du subterfuge puisqu'il allait devenir père sans même avoir eu d'ébats avec sa femme, ce qui obligeait une discussion sérieuse entre Cheryl et lui. Scott fut complètement ébahi par la nouvelle, mais il se devait de reconnaître que le stratagème concocté par les deux femmes était plutôt bien ficelé. De plus, il avait toujours caressé le rêve d'avoir un héritier. Ce génie mal aimé aux allures étrangères et à l'intellect hors du commun allait enfin pouvoir fonder une famille digne de ce nom.

Les jours passèrent rapidement et la planification de cette escapade qui allait durer des mois avait été réalisée à un rythme fulgurant et novateur pour l'époque. Vers la fin d'une semaine où les sœurs ne dormirent que très peu, éreintées et débordant d'anxiété, elles arrivèrent à la gare de la basse-ville, la plus discrète des deux gares de la ville et celle que l'élite marchande de l'époque évitait à tout prix. Les deux sœurs montèrent à bord du train pour New York, leurs valises remplies de toutes les nécessités de confort pour leur voyage, mais aussi remplies de larmes, de fous rires et de peur, car le sentiment qui les piégeait était celui d'une terreur absolue face à ce projet qu'elles allaient tenter de mener à terme.

Les larmes avaient mouillé le collet de la robe d'Eugénie, sa robe toute de soie à la taille basse de style rideau, un style vestimentaire des plus modernes, les chevilles à l'air et les cheveux courts vers l'arrière. Cheryl avait préparé sa sœur pour New York, une ville où les corsets ne se portaient plus, et où Eugénie devrait se départir de ses airs romanesques et européens. Eugénie pleurait, tel un saule pleureur, lors d'une grande pluie d'automne, quand les branches lourdes et pendues dégoulinent. La pauvre était recroquevillée sur la banquette du wagon, complètement détruite par le sort qui venait d'être jeté sur elle. Rongée par la culpabilité de devoir abandonner ses enfants durant de longs mois, mais aussi dévastée à l'idée qu'elle ne serait pas la mère de cet enfant, qu'elle devrait à tout jamais garder le secret de cette descendance illégale.

Une jalousie mal placée envers Cheryl s'était aussi faufilée dans les crevasses du cœur d'Eugénie, car c'était sa sœur et non elle qui allait avoir le privilège d'élever ce petit miracle d'amour, mais elle pleurait aussi parce qu'elle se sentait comme une calamité, une ignoble égoïste qui avait fait des choix malsains. Elle avait senti dans la voix d'Antoine un ton trop accommodant, un timbre de voix révélateur, elle avait tout de suite su qu'il savait la vérité ou du moins s'en doutait. Malgré le fait qu'elle et Antoine ne parleraient plus jamais de cet incident, le fait qu'elle soit persuadée qu'il était au courant de sa bêtise la rendait infiniment coupable, meurtrie et émotionnellement flagellée.

Eugénie avait des airs de zombie, le train qui habituellement était festif et gage de vacances en famille avait l'air d'un salon mortuaire en mouvement tellement l'air était opaque et dense autour des deux sœurs. Une qui essayait de compatir avec la tristesse de sa sœur, mais qui en secret se réjouissait de devenir mère, et l'autre qui peinait à respirer tellement sa peine l'étouffait.

— Je vais m'en occuper comme si c'était le mien. Tu sais, je dis toujours que je n'ai jamais voulu être mère, mais ce n'est pas toute la vérité, mon mari n'a pas beaucoup de vitalité au niveau… de l'amour marital, pour ne pas être vulgaire. Je croyais que l'occasion d'être mère n'allait jamais se présenter pour moi, alors j'ai construit cette identité de citadine mondaine n'aspirant aucunement à une besogne de maman, mais au plus profond de mon être, j'ai toujours caressé le rêve d'un jour être mère.

— Je ne te serai jamais assez reconnaissante. Cependant, je ne pense pas que nous pourrons rester aussi proches l'une de l'autre, c'est terminé le temps où les gens nous appellent les siamoises, tu dois partir et élever cet enfant à Montréal, loin de moi, sinon je vais flancher et tout briser.

— Je comprends, je te promets.

Les deux sœurs, ces deux visions d'élégance, une élégance de naissance qui trahissait des ancêtres nobles et privilégiés, s'endormirent sur la banquette de cuir brun de ce wagon de train, la tête d'Eugénie déposée sur l'épaule de Cheryl, leurs petits souliers de cuir spectateur, identiques si ce n'était que de la pointure. La vapeur s'échappait du train, créant des brouillards épais et engloutissant.

L'année 1939 était la dernière année où les sœurs Riverain allaient se voir, et ce, pour des décennies à venir. Cheryl allait élever cet enfant, un garçon, comme s'il était le sien, à Outremont, et Eugénie allait continuer son chemin avec sa famille, dans les bras du village de Beaulieu, la cime des grands ormes comme protectrice, la brise du fleuve comme baume sur le cœur et toute la force des Riverain qui coulera dans son sang et qui l'aidera à ravaler ses larmes lorsque les printemps lui rappelleront cet enfant qu'elle n'aura jamais pu aimer.

Son île la dorlotera, sans jugement, et guérira doucement la blessure vive d'un amour inachevé, cet amour obsessionnel qu'elle avait connu pour Philip, un homme qu'elle ne reverrait probablement plus jamais, un fantôme qui viendrait hanter ses pensées pour le reste de sa vie.

Eugénie, dans la noirceur du wagon de train, alors qu'elle baignait dans le plus abyssal des désespoirs, ne se doutait pas qu'un jour viendrait où la villa Riverain, ce lieu où elle avait toujours trouvé le calme, cet endroit où, malgré les tempêtes, les émotions noires et les longs hivers de l'âme, elle avait su guérir les plus profondes des plaies, que cette villa perchée sur les grands canyons qui entouraient le village de Beaulieu, deviendrait un jour le refuge de la fille de Paul. Ce fils qu'elle ne verrait pas grandir. Non, Eugénie ne pouvait se douter à ce moment-là qu'un jour elle ferait le plus beau des cadeaux à sa petite fille, celui d'un refuge mythique. Eugénie aurait souri à l'idée de savoir qu'une autre rousse à la personnalité explosive allait aussi un jour habiter son royaume qu'était la villa Riverain.

5 – UNE RENCONTRE, DES BALBUTIEMENTS

Céleste fut ébahie en passant le pas du portique de la villa, son esprit avait effacé de sa mémoire le grand escalier de bois de merisier qui était érigé au milieu de la pièce d'entrée, un escalier des plus imposants et qui, par sa noblesse, semblait presque hautain. Cet escalier semblait avoir un visage à cause de l'emplacement de la fenêtre tout de vitrail italien qui siégeait sur le mur à mi-chemin entre le bas et le haut de l'escalier. Le milieu de l'escalier étant délimité par une plateforme où l'on pouvait s'arrêter lors de sa montée vers l'étage supérieur afin d'admirer l'arc-en-ciel qui jouait partout dans la pièce grâce à la lumière qui jaillissait à travers le vitrail surdimensionné. Le tout donnait des allures bibliques au lobby principal de la villa et ajoutait à sa beauté. Un pot de fleurs en grès semblait jouer au soldat sur la plateforme de l'escalier, on pouvait se douter qu'une fougère avait jadis arboré ses plus belles teintes de vert à même ce pot, mais à l'arrivée de Céleste, le pot ne semblait plus contenir que de la poussière et quelques tiges brunies.

Céleste déposa ses valises à sa gauche juste à l'entrée, une frénésie de petite fille s'empara d'elle, elle avait tout d'un coup envie de courir et de découvrir toutes les pièces de son nouveau chez-soi, une après l'autre.

Le salon à la droite de l'entrée comportait un foyer massif tout de marbre, des moulures de bois de style gothique semblaient dévisager Céleste, encore incertaines à savoir si leur nouvelle maîtresse de maison était du calibre requis pour partager leur quotidien. La maison avait été construite en mille détails, la salle à dîner à gauche du lobby d'entrée était encerclée par des vaisseliers encastrés aux quatre coins du mur, tout de bois sombre, un brun rougeâtre, une reluisance qu'on ne voit plus dans les maisons d'aujourd'hui, un bois d'une autre époque.

L'opulence qui prévalait dans les années ayant mené à la construction de la villa se faisait sentir jusque dans l'habillage des fenêtres, car de grands rideaux à la française donnaient un air de château aux pièces de l'entrée. Céleste voulait se pincer, celle qui avait tant rêvé un jour d'habiter une demeure noble où l'histoire côtoie les secrets et le mythique, où chaque recoin et chaque détail sont porteurs de secrets familiaux et où des esprits bienveillants nous entourent. Une maison avec « une âme », c'est ce que Céleste répétait constamment à Pierre quand ils avaient rénové leur condo à Rosemont, lui voulant un décor moderne, épuré et clinique, presque aseptisé et Céleste, elle, ne démordant pas de son désir d'un peu de chaleur, de cachet.

C'était justement grâce à ses multiples doléances durant les rénovations que Pierre avait finalement cédé et acquiescé à sa demande de préserver les moulures de chêne qui entouraient les portes intérieures du condo, un petit souvenir de l'époque où les maisons n'étaient pas toutes vides de charmes au profit d'une uniformisation moderne et « propre ». Céleste secoua la tête afin de faire fuir ces souvenirs intempestifs et se décida à poursuivre la visite de son nouveau refuge.

La cuisine était à l'arrière de la villa, un peu comme si on avait oublié de planifier sa construction, une sorte d'arrière-pensée, mais cela rendait Céleste confuse, car dans ses souvenirs d'enfance, il y avait une grande cuisine blanche avec des dizaines de fenêtres illuminant un grand îlot de cuisine festif et rassembleur. Sa mémoire lui avait joué des tours, ou alors peut-être que la cuisine lui semblait beaucoup plus grande lorsqu'elle était petite, après tout l'enfance nous rend susceptibles d'être émerveillés par tout et par rien. Ou peut-être que la cuisine avait perdu de son air festif depuis le départ d'Eugénie, cette maîtresse de maison remplie de vie et de mysticité.

Les maisons de cette époque avaient des cuisines plus petites qu'aujourd'hui, parfois même cachées, presque encloisonnées derrière la maison, car c'étaient les servants qui travaillaient en cuisine, alors que la famille dégustait des repas copieux et s'adonnaient au sport de la conversation sociale dans la grande salle à manger. Pourquoi faire d'une cuisine l'élément central d'une maison si on y met rarement les pieds autrement que pour rappeler les servants à l'ordre. Parce que oui, dans ses années de gloire, la villa Riverain avait hébergé plusieurs servants, il fallait beaucoup de bras pour entretenir les six grandes chambres à l'étage, les cinq salles de bain ainsi que les bibliothèques, boudoirs et salons.

Céleste se mit à chercher un verre de manière presque frénétique.

Elle, qui était en train de vivre des émotions en montagne russe, était totalement déshydratée. Le vieux café acheté en route n'avait pas aidé son état. Mais voilà qu'au moment où Céleste mit finalement la main sur un vieux gobelet fait de verre opaque et put finalement boire un peu d'eau, elle sentit une lourdeur en bouche, pas exactement un mauvais goût a priori, mais l'eau ne goûtait pas celle de la ville, comme si l'eau de la villa venait d'un écosystème bien vivant, aux antipodes de l'eau fluorée et chlorée de Montréal. Céleste n'en fit pas un plat, elle se disait qu'elle allait s'habituer à cette nouvelle expérience gustative. Après tout, les tests avaient confirmé une eau de grande qualité et d'une potabilité hors pair, il n'y avait donc pas de quoi s'inquiéter. Ce n'était que le début du dépaysement pour notre citadine au cœur brisé.

La jeune femme se dirigea vers le grenier, elle avait eu une pensée pour ce racoin de la villa depuis le premier appel du notaire, et depuis son arrivée tout à l'heure, un vrai tiraillement intérieur l'interpellait. Le grenier avait été au cœur de ses étés passés avec sa famille à visiter Eugénie à la villa. Elle et son frère passaient le plus clair de leur temps dans le grenier à jouer et à se costumer. Le petit escalier de fer forgé qui menait au grenier semblait encore solide et Céleste enfila les marches d'un pas décidé, le cœur déjà gros de revoir cet endroit magique et rempli de souvenirs.

Céleste fit le constat que ce grenier qui était autrefois rempli de mallettes, de costumes et d'objets ludiques était aujourd'hui pratiquement vide, hormis les montres de poussière aux quatre coins de la pièce. Céleste admira les lambris de bois peints crème qui faisaient office de murs et elle finit par apercevoir le vieux coffre de bois de matante Eugénie, celui qu'elle n'avait jamais ouvert, car c'était le seul des coffres de grenier qui était fermé à clef et personne n'osait demander à Eugénie ce qu'il pouvait bien contenir.

Céleste s'agenouilla tout près du coffre de bois, le cadenas était déverrouillé. La rouquine eut un pincement au cœur, elle se demandait si ce coffre contenait peut-être des photos de ses visites à la villa et donc des photos de son frère Thomas. Céleste avait effacé toutes les photos qu'elle avait de Thomas, leur simple vue lui causait encore un chagrin beaucoup trop grand, elle n'avait jamais laissé ses émotions se purger depuis le décès de Thomas, elle ne voulait pas risquer de ne plus jamais pouvoir sortir de son deuil si elle laissait son cœur entrer dans ce gouffre sans fin.

Céleste ouvrit le coffre délicatement, comme on ouvre quelque chose en secret. L'intérieur du coffre était étagé et rempli à craquer de photos, bijoux, écharpes, journaux et albums. Tantôt émerveillée par la découverte de tous ces trésors familiaux, tantôt suffoquée par une anxiété incontrôlable, Céleste fit la découverte d'un petit album de photos en cuir vert. La reliure était vieille et ne tenait qu'à un fil.

La première page contenait une photo de Céleste avec ses cousines, les petits-enfants de matante Eugénie. Elle avait tant adoré jouer avec ses cousines dans les ruisseaux adornant la propriété. Patauger et trouver des créatures bizarres aux allures tropicales étaient parmi leurs activités favorites. Céleste eut une pensée pour ses cousines, elle ne les avait même pas appelées depuis le décès d'Eugénie, mais ayant perdu contact depuis plus de quinze ans, il aurait été bizarre de les contacter maintenant. Page par page, Céleste feuilleta le petit album de photos, le souffle court, car elle ne pouvait s'empêcher de chercher une photo de Thomas.

Le chagrin envahit Céleste d'un seul coup, l'air devint lourd dans le grenier de la villa, une tristesse inconcevable enveloppait la jeune femme, car au beau milieu de l'album se trouvait une photo d'elle près du grand orme déformé, et juste à ses côtés, son chaleureux Thomas, son meilleur ami et son protecteur, le meilleur des grands frères. Il la tenait sur la photo par la taille, tout souriant, les cheveux ébouriffés et décoiffés, probablement ayant séché après la baignade au fleuve, le teint basané par l'été.

Il devait avoir quatorze ans sur la photo puisque Céleste se rappelait les vêtements qu'elle portait en sixième année du primaire, son fameux ensemble punk qui avait tant choqué son père. Des larmes firent leur chemin sur les joues de la belle Céleste, une guerrière en deuil. Les yeux de Céleste n'en finissaient plus de s'humecter, les pages de l'album étaient submergées par ce déversement d'émotions, les larmes coulaient à flots, telle la fonte de la neige durant une journée trop clémente du mois d'avril. Céleste portait plusieurs deuils en elle, certains étant à un stade de guérison avancé, d'autres frais et encore douloureux. La mort de Thomas était l'un de ces deuils qui ne semblaient pas avoir de début ni de fin, un peu comme une carte du Nouveau Monde où les explorateurs avaient relié par erreur tous les continents les uns aux autres. Pas de début ni de fin, une ribambelle de tristesse sans sortie de secours.

Thomas était décédé lorsque Céleste avait tout juste seize ans, durant sa dernière année du secondaire à Laval. Il était étudiant en anthropologie à l'Université de Montréal. Il était un révolutionnaire dans l'âme, le sourire accroché aux lèvres en tout temps, il faisait fi des conventions, aimait éperdument les siens. Il avait une vieille âme et il était un peu comme un sage protecteur pour tout le monde qui l'entourait. Céleste blaguait souvent avec sa mère que Thomas avait trop d'amis, c'était insoutenable et les deux mémères du dimanche se demandaient souvent comment il faisait pour nourrir autant d'amitiés en même temps. Thomas était trop bon pour ce monde des mortels rempli d'indifférence et de méchanceté. Il passait ses étés à faire des voyages en Amérique du Sud afin de construire des écoles et de développer des systèmes d'irrigation pour des fermiers là-bas.

Il était un défenseur des droits de tous, un soldat de tous les combats sociaux. Thomas était un jeune homme hors de l'ordinaire et un frère aimant et attentionné. Tout le monde s'entendait pour dire que cette amitié et cette compatibilité que Céleste et Thomas entretenaient étaient véritablement un cadeau de la vie. Céleste et Thomas avaient la chance d'avoir un ami pour la vie.

Thomas était un non-conformiste et il n'avait jamais vraiment agi avec l'innocence d'un enfant ou la colère d'un adolescent plein d'hormones. Il était plutôt toujours posé, serein, calme et heureux. Thomas et ses parents n'avaient jamais vécu de conflits majeurs, au contraire des multiples crises d'adolescence que Céleste leur faisait vivre au quotidien. Thomas était le contraire de Céleste durant l'adolescence, elle qui criait à tue-tête qu'elle avait hâte de vivre sa vie à elle, de s'enfuir vers New York et de s'affranchir de tout ce qu'elle était, des traits que Paul son père avait compris avoir été hérités de sa propre mère, Cheryl l'enflammée. Le seul conflit dont Thomas fut le protagoniste était quand il avait insisté pour aller faire un stage en anthropologie au Népal lors de sa première année d'université. Sa mère avait refusé catégoriquement, elle qui avait peur de tout et qui ne pouvait pas concevoir que son fils, du haut de ses dix-neuf ans, allait s'envoler pour le Népal et y habiter pendant des mois dans des zones reculées, tout ça pour un projet universitaire. L'idée même de proposer ce voyage enrageait Martine, cette mère de banlieue qui avait toujours surprotégé ses rejetons, brandissant le spectre du danger pour ancrer toujours plus de restrictions à ses deux adolescents en quête de liberté. Mais Thomas était un jeune homme tellement sensé et sûr de lui-même qu'il avait réussi à convaincre ses parents de le laisser partir en stage. Après tout, l'université encadrait l'aventure et allait assurer un support matériel et logistique à Thomas et ses amis durant ce périple anthropologique, ce qui avait grandement rassuré Martine.

Mais voilà que Thomas n'était jamais revenu du Népal, ni lui ni sa dépouille. Il était décédé dans un glissement de terrain au nord du pays lors des grandes pluies, son corps jamais retrouvé, son essence et son âme perdues à jamais. Les parents de Céleste n'avaient jamais accepté la mort de leur fils, de leur petit prodige, de leur rayon de soleil. Céleste avait aussi eu le cœur lourd pendant de longues années, elle repensait à Thomas à chaque étape de sa vie. C'était comme si chaque accomplissement dans sa jeune vie d'adulte était terni par l'absence de son frère, chaque anniversaire, chaque graduation, chaque mariage, tout était un peu assombri. Céleste avait perdu le premier homme de sa vie.

Céleste pleurait maintenant depuis de longues minutes, elle pleurait pour Thomas, avec qui elle aurait tant aimé partager cette nouvelle vie à la villa Riverain, mais elle pleurait aussi pour Pierre, pour le cœur brisé qu'elle couvait depuis des semaines, depuis ce moment au mois de mai où son monde s'était effondré.

L'amour ne s'efface pas aussi rapidement qu'elle nous accapare, le deuil amoureux étant tout autant douloureux qu'un deuil conventionnel. Céleste avait une nouvelle routine depuis qu'elle avait quitté Pierre et déménagé chez Judy, elle réprimait ses pensées toute la journée durant, se concentrant sur son travail de traductrice, ses clients et sa carrière. Le soir venu, dans le secret de son petit lit d'invitée, elle pleurait de longues heures. Chaque séance de larmes nettoyait son subconscient, c'était sa façon à elle de faire son deuil de Pierre. Céleste était une Riverain, une femme de tête qui ne laisserait jamais sa vulnérabilité prendre le dessus, elle vivait sa peine en secret, dans le confort de son for intérieur. Elle savait que Pierre était un menteur compulsif et qu'au final, il n'était pas le prétendant avec qui fonder une famille, mais cela ne l'empêchait pas de rêver à lui, de l'idolâtrer et de souhaiter en secret qu'il essaie de la reconquérir.

Des idées aux avenues incongrues puisqu'il était maintenant en couple avec sa maîtresse, avec qui il attendait un enfant. Cette femme de l'ombre qui vivait maintenant le rêve de Céleste, celui de porter l'enfant de Pierre, de fonder une famille avec cet homme qu'elle aimait tant. Sa tête lui disait qu'elle l'avait échappé belle, et cela Judy le lui rappelait constamment, mais son cœur, son âme, ses os, sa peau, tout criait pour le retour de Pierre. S'ennuyait-elle réellement de Pierre ou était-elle brisée dans son orgueil, sa fierté de femme ? Pas même elle ne pouvait répondre à cette question, les derniers mois ayant été une tornade d'émotions et de changements.

Une peine d'amour est un kidnapping, on ne voit plus la réalité pour ce qu'elle est, on ne se remémore que les bons moments, les baisers doux et les soirées de tendresse, on oublie vite les colères, les rejets, le désespoir. Notre esprit entre en période de sevrage de l'autre et on bascule incessamment vers l'illogique, la peur de la solitude, la crainte d'avoir commis une erreur.

Qu'est-ce qu'elle aurait pu faire de différent pour que Pierre n'aille pas voir ailleurs ? Est-ce que c'était un peu sa faute tout ça ? Avait-elle poussé Pierre dans les bras d'une autre ? Sa raison lui disait que non, mais quand elle écoutait sa chanson de prédilection des derniers mois, *Pour que tu m'aimes encore* de Céline Dion, elle se métamorphosait en mendiante, une quêteuse d'amour. Elle se disait qu'elle aurait pu faire ci et ça autrement, que la tromperie n'est qu'un symptôme d'une relation qui bat de l'aile, qu'elle aurait dû en voir les signes avant-coureurs et agir à temps afin de sauver son couple. Peut-être que sa famille et sa vie n'auraient pas éclaté en mille morceaux. Les pensées de Céleste valsaient entre désespoir et tristesse, une bobine sans fin qui relatait les mêmes pensées. Elle se remit à pleurer de plus belle, un peu pour Thomas qui aurait su la consoler comme personne d'autre, mais aussi pour Pierre.

J'irai chercher ton cœur si tu l'emportes ailleurs

Même si dans tes danses d'autres dansent des heures

J'irai chercher ton âme dans les froids dans les flammes

Je te jetterai des sorts pour que tu m'aimes encore

Je trouverai des langages pour chanter tes louanges

Je ferai nos bagages pour d'infinies vendanges

Les formules magiques des marabouts d'Afrique

J'les dirai sans remords pour que tu m'aimes encore

Je m'inventerai reine pour que tu me retiennes

Après les pleurs vint la colère. Comment pouvait-elle pleurer encore pour un homme si médiocre ? Un homme dépourvu de cœur qui l'avait rejetée comme une vieille chaussette trouée. Céleste ferma le coffre, prit avec elle l'album de cuir vert et rebroussa son chemin vers la chambre attenante au grenier, la plus petite des six et la seule qui se trouvait au troisième niveau, cachée dans ce grenier qui avait traversé les siècles et qui avait été le théâtre de tant d'aventures familiales.

La jeune femme déposa l'album sur la petite table de chevet à côté du lit qui était recouvert d'une courtepointe magnifique et arborant des couleurs chantantes, pastels et presque mélancoliques en même temps. Le tout était aussi recouvert de poussière. Il s'était écoulé plusieurs années depuis la mort d'Eugénie, la succession ayant pris un temps de fou à se régler, et la maison avait manqué d'amour. La villa était de ces maisons qui requièrent de la vie entre ses murs afin de rester en santé.

Céleste s'avança vers la petite fenêtre de la chambre, une fenêtre à crémone à la française et logée dans une lucarne qui donnait une vue imbattable sur le fleuve, les jardins d'en face et un paysage presque à 180 degrés de toute la pointe sud de l'Île d'Orléans. Un sourire se dessina sur les lèvres de la fougueuse Céleste, tout allait bien aller, elle le savait au plus profond d'elle-même. Elle était maintenant investie d'une mission plus grande qu'elle-même, plus grande que sa peine et son deuil. On l'avait choisie pour devenir la gardienne de la villa Riverain. Céleste leva les yeux au ciel et dit « Merci, matante, c'est comme si tu savais que cette maison, cette île, allait me guérir de tous mes maux. Je vais lui redonner son éclat d'antan, je vais m'enraciner ici comme tu l'as fait toi aussi. Je suis en exode, mais je te sens avec moi, je ne suis pas seule. »

Céleste se sentait comme une réfugiée qui était finalement retournée à bon port dans sa terre natale, et qui sait, peut-être allait-elle finalement trouver ici, à Sainte-Pétronille et à l'Île d'Orléans, tout ce qu'elle avait toujours cherché, tout ce qui lui avait toujours manqué. Elle ne pouvait se mentir, durant les derniers mois à vivre chez Judy et à tenir son cœur en vie à coups de ruban adhésif, elle avait l'espoir secret, enfoui au fond de son subconscient, que peut-être ce déménagement à l'île, à loin de Montréal, allait la mettre sur le chemin d'un nouvel amour, celui qui saurait réparer son cœur fissuré par les deuils.

6 – L'ÉPICERIE CHOUFLEUR

Les fenêtres à carreaux avaient besoin de réparations urgentes, ces fenêtres qu'on doublait d'un deuxième verre en hiver et qu'on remplaçait par une moustiquaire en été pouvaient durer de génération en génération, mais les artisans pouvant contribuer à leur remplacement se faisaient de plus en plus rares, ce qui rendait Céleste anxieuse à l'idée de ne peut-être pas pouvoir les faire réparer avant la venue de l'hiver. Elle était maintenant installée à la villa Riverain depuis une semaine, elle s'était habituée au télétravail depuis la verrière, elle se sentait en vacances, protégée par les murs anciens de la villa. Quand arrivait la fin de semaine, elle ne chômait pas, elle passait ses journées à décaper, peinturer, réparer, regarder des vidéos *YouTube* pour savoir comment réparer un fil électrique ou changer un tuyau de salle de bain.

Elle était en train de devenir plombière, électricienne et menuisière en l'espace de quelques jours, mais avec les fenêtres qui nécessitaient un remplacement complet, la baignoire qui était rouillée, l'évier de porcelaine dans la cuisine qui avait l'air d'avoir vécu la guerre de 39-45, la toiture qui coulait par endroit, notre courageuse héroïne avait bien besoin d'un entrepreneur qui viendrait continuer les travaux, elle ne s'en sortirait seule. Après tout, Céleste s'était fait offrir une somme assez importante, 100 000 $, avec la maison, tirée de la succession d'Eugénie, afin d'assurer les réparations nécessaires et la pérennité de la villa. Elle avait donc amplement les moyens d'embaucher la main-d'œuvre, mais elle avait hésité et tergiversé toute la semaine avec cette idée. Voilà qu'elle appréciait tellement sa nouvelle solitude dans la maison, des jours à chouchouter son cœur brisé tantôt au comptoir de cuisine avec un café matinal, tantôt au pied du grand orme déformé. Elle n'était pas convaincue de vouloir perturber sa paix avec des inconnus qui effectueraient des travaux chez elle, mais elle devait se rendre à l'évidence, elle avait besoin d'aide.

Céleste termina une dernière couche de peinture sur les volets des fenêtres du devant de la villa et se sentait essoufflée, elle en avait trop fait. Son corps était courbaturé et elle était en état de déshydratation constante, n'ayant aucune expérience du travail physique en continu. Une semaine chargée dans sa boîte de traduction et des nuits insomniaques à peinturer l'avait rendue faible et vidée d'énergie, mais elle se félicitait tout de même de ses progrès.

Le revêtement de bois de la maison avait retrouvé la blancheur des premiers jours. Cela avait été un travail éreintant, mais très satisfaisant. Elle avait aussi peinturé les volets de chaque fenêtre d'un noir ébène, ce qui conférait à la villa une mine éclatante, digne de son passé glorieux. Il ne lui restait que la galerie enveloppant la maison à peinturer, elle avait passé sa semaine entre deux appels pour le travail à se précipiter à la quincaillerie pour continuer ses achats de matériel et elle manquait de temps. Céleste avait aussi fait la joyeuse découverte de meubles de jardin empilés dans le cabanon extérieur, elle avait commencé à les décaper dans le jardin, espérant les peinturer en jaune serin, ce qui ajouterait une touche de vie à la cour arrière, cette cour qui était jadis entretenue au quart de tour et qui était même parfois comparée à un mini jardin botanique. Les travaux avaient bien avancé en à peine dix jours, mais Céleste se rendait de plus en plus à l'évidence qu'elle devrait trouver de l'aide rapidement.

« Cette machine à café est clairement hantée par un fantôme misogyne ! Je vais y laisser ma peau ! » pensa Eugénie.

C'est que la jeune héritière essayait depuis des jours de faire fonctionner la machine à café espresso d'Eugénie qui se trouvait dans la cuisine, mais la machine, de 60 pouces de largeur par 30 pouces de profondeur, avait des airs de machine pour hôpital psychiatrique, toute de chrome et avec des inscriptions en italien partout sur sa façade. Céleste se vantait bien d'être une amatrice de café, une aficionado de tout rituel européen, mais voilà qu'elle était dépassée par la sophistication de cette machine tout droit venue de Milan.

Eugénie avait toujours, quant à elle, été friande de café européen et Gertrude était devenue au fil des ans une barista hors pair, une tournure d'évènement des plus loufoques pour une servante n'ayant jamais voyagé à l'extérieur de la province. Céleste tentait de bouger les boutons dans tous les sens en suivant les instructions d'une vidéo en italien sur *YouTube*, mais voilà que le piston à pression éclata et de la fumée s'échappait maintenant de chaque orifice de la machine, un vrai calvaire pour une accro à la caféine en manque de sa dose matinale. De quoi lui donner envie de recommencer à fumer, une habitude qu'elle et Judy avaient chassée de leur vie à la fin de la vingtaine, un défi entre amies qui avait bien tourné. Mais la mauvaise habitude avait voulu resurgir depuis que Céleste avait rencontré Pierre, ce parisien amateur de « clopes ». Céleste ne pouvait s'empêcher de penser que si Pierre était ici, il saurait comment faire fonctionner cette machine, de son doigté européen, il serait un adversaire de taille contre cette ferraille désuète, mais hélas, Pierre était avec une autre, à des centaines de kilomètres.

Une noirceur s'installa soudainement dans le cœur d'Eugénie, un pincement tiraillait sa poitrine, sa rupture était encore fraîche, comme un repas pas tout à fait digéré qui continue de nous donner des brûlements d'estomac bien après le festin. Céleste avait beau se garder occupée et, même si elle ne pensait jamais retourner avec Pierre qui, de toute manière, ne l'avait jamais recontactée depuis leur rupture, elle ne pouvait s'empêcher de rêvasser.

Elle imaginait qu'il franchirait le cadre de porte et lui dirait que sa maîtresse était une histoire du passé et qu'elle n'avait jamais été enceinte et qu'il ferait tout pour la ravoir et qu'il quitterait son boulot pour elle et viendrait lui prêter main-forte pour construire un nid pour eux deux ici à la villa. Des fantasmes des plus illusoires, et qui dans l'imagination de Céleste se soldait toujours par elle qui refuserait les avances de Pierre et retrouverait sa fierté déchue. Elle assouvissait en pensée ses désirs de vengeance en rejetant Pierre à son tour. Mais

Céleste savait bien que si cette fantaisie se produisait réellement, elle lui pardonnerait et serait trop faible pour refuser ses avances, car même si elle le détestait pour ce qu'il lui avait fait, et même si la trahison avait brisé son cœur en mille morceaux, l'amour ne s'effaçait pas du jour au lendemain. Céleste avait encore espoir au fond d'elle que peut-être Pierre reviendrait vers elle un jour.

Chaque soir lorsqu'elle enfilait ses habits de peintre amateur et commençait à jouer du pinceau, les scénarios de revanche défilaient dans sa tête, comme une trame sonore en constante évolution. À travers l'élaboration de ces scénarios, Céleste était aussi prise d'une obsession malsaine, celle de comprendre pourquoi Pierre l'avait trompée et avait fait un enfant à une autre. Céleste plongeait alors dans une fanfare de doutes.

Est-ce que Pierre avait été poussé à la tromper ? Aurait-elle dû être plus romantique, lui offrir un meilleur support dans sa carrière, avait-elle mené Pierre à la tromper avec ses habitudes de le narguer pour le moindre malentendu ? Avait-elle créé ce sillage entre les deux, lequel avait mené Pierre dans les bras d'une autre ? Bien sûr que non, un salaud est un salaud, personne ne peut créer un salaud, ils le sont bien avant qu'on ne les rencontre ; une explication tant répétée par Judy au tour d'un verre de Sancerre, les soirs d'été pendant lesquelles Judy avait joué à la thérapeute de fortune de Céleste. Mais malgré toutes les munitions fournies par son amie et tout le raisonnement logique et philosophique qui venait confirmer que ce n'était pas elle le problème dans cette histoire, elle ne pouvait s'empêcher de culpabiliser pour la fin de son union avec Pierre.

Et maintenant qu'elle était seule à la villa sans Judy pour lui servir de soldat du cœur, Céleste, jour après jour, larme après larme, au son de la chanson *Pour que tu m'aimes encore*, faisait son deuil et continuait à se martyriser sur le pourquoi du comment de sa rupture.

Dimanche matin était venu, comme un baume sur les muscles endoloris de Céleste. Elle allait utiliser cette journée pour autre chose que rénover, pour profiter de l'île et essayer de découvrir son nouveau coin de pays. Céleste s'était mise en direction de la petite épicerie de village dont sa voisine, Madame Lanctot, lui avait parlé plus tôt durant la semaine. Elle était censée se trouver à l'est de Sainte-Petronille, mais aucune adresse n'apparaissait sur Google et son GPS ne reconnaissait pas le nom de la fameuse petite épicerie. Elle aurait pu être un mirage fabulé par madame Lanctot, ou bien peut-être madame Lanctot était-elle elle-même un mirage fabriqué de toute pièce par Céleste? Un sourire se dessina sur le visage de Céleste, quelle pensée folle, mais quand même possible vu son état délirant des derniers jours d'un point de vue émotionnel.

Céleste emprunta le chemin Royal direction est, elle était rendue à cette embouchure juste avant l'entrée du prochain village, une descente assez spectaculaire amenant le conducteur à descendre d'altitude d'au moins trente mètres, avec une vue imprenable sur le fleuve et des montagnes de Bellechasse de l'autre côté. Le tout était digne des paysages les plus beaux de la Suisse. Céleste ne voulait pas avoir d'accident et conduisait excessivement prudemment dans cette contrée encore inexplorée. La pauvre avait passé la semaine à faire des rénovations, elle n'avait même pas encore refait le fameux tour de l'île, une tradition bien de son enfance. Les yeux de Céleste buvaient la vision de cette eau bleue scintillante, presque iridescente du soleil qui frappait à l'horizon. Des paysages agricoles défilaient à gauche et à droite et elle se sentait réconfortée par tant de beauté.

Arrivée au village de Saint-Laurent, elle remarqua rapidement la différence de paysage en comparaison avec Sainte-Pétronille. De jolies maisons en bardeaux de cèdre étaient bordées par des plages de sable doré, la forêt d'un vert profond dont les arbres étaient éparpillés entre les habitations aux airs maritimes. On se serait cru au Maine, dans un petit village côtier. Céleste était étonnée de la différence de style entre les deux villages, car Sainte-Pétronille était plutôt recouvert d'une forêt dense et le fleuve n'était visible que vers la pointe ouest, alors qu'ici, le fleuve faisait partie de l'environnement des résidents. Il était visible à l'année, toujours à leurs pieds.

La marée était haute lors du passage de Céleste et le fleuve venait frapper les murets du village, engloutissant par le fait même les plages et arbustes qui poussaient à travers la rocaille de la grève. L'eau montait jusqu'au niveau de la rue, ce qui donnait l'impression aux visiteurs d'être dans un tableau vivant. Les maisons étaient presque toutes de bois, avec leurs façades arborant des décorations nautiques, du blanc, du rouge et du bleu, ce qui se mariait à merveille avec les somptueux lampadaires de fer forgé le long de la rue, qui elle regorgeait de petites boutiques les plus charmantes les unes que les autres.

Le soleil tapait sur les toitures de tôles souvent peinturées en bleu, rouge ou toute autre couleur ludique. Les villageois, le sourire fendu jusqu'aux oreilles, se pavanaient à pied le long du chemin Royal.

L'énergie de ce petit village était toute en légèreté, comme un dessert d'été à la fraise saupoudré d'un sucre cristallisé. Sainte-Pétronille avait une ambiance tout aussi magique, sinon plus, mais il traînait aussi à Sainte-Pétronille des brouillards épais, une humidité hors du commun pour toute région se situant au nord des États-Unis et une végétation tropicale propulsée par le microclimat du village. Céleste se plaisait à comparer ces deux petits patelins, tel un seigneur en visite dans ses royaumes. L'île était maintenant son chez-soi, un rêve qui devenait réalité.

Voilà que l'enseigne de la petite épicerie apparue à la gauche de Céleste, un peu à la manière d'un eldorado, « Épicerie Choufleur », quel nom adorable, pensa-t-elle. La bâtisse ressemblait à un vieux manoir seigneurial de l'époque française, ou peut-être plus à un ancien presbytère, car la galerie était surélevée de plusieurs pieds et un escalier en fer forgé ornait la devanture et donnait des airs enchanteurs au petit commerce. La maison était toute de briques, une rareté à l'île.

Céleste entra dans la petite épicerie et se sentit tout à coup bien loin de Rosemont. Elle était transportée dans un autre univers, une autre époque. Les meubles tout de bois, le comptoir qui avait l'air de celui d'un apothicaire, les tablettes remplies de denrées faites maison dans des pots massons qui étaient adornés d'un jupon sortant de leur couvercle de métal, des pains frais sortis du four, brûlés légèrement sur le dessus, du pain au levain d'artisan, un savoir-faire ancestral. Il y avait des boîtes de bois empilées à l'entrée avec une sélection de légumes et de fruits, encore enduits de terre par endroit et un écriteau « bio, ferme Lehoux, Saint-François » servait fièrement de drapeau au milieu du bac de carottes nantaises. Le tout était bucolique et, pour une citadine qui venait tout juste de se greffer à la communauté des insulaires, c'était comme découvrir un petit coin de paradis. Céleste avait l'habitude de faire ses emplettes au marché Jean-Talon à Montréal, qui est reconnu pour sa beauté et son offre variée de produits du terroir, mais elle n'avait jamais, au grand jamais, mis les pieds dans une épicerie aussi mignonne que l'épicerie Choufleur. La décoration et l'atmosphère étaient tout droit sorties d'un conte de fées, il ne manquait plus qu'un *hobbit* à la caisse pour servir les clients afin de compléter ce sentiment de conte de fées.

La dame à la caisse s'exclama « Bien le bonjour à vous ! »

— Bonjour ! Je suis tellement contente d'avoir découvert votre épicerie, je viens d'arriver à l'île et je suis si ravie de découvrir que je n'aurai pas besoin de toujours me rendre à Québec pour faire mes emplettes.

— Oh non, nul besoin de faire le trajet sur ce sacré pont pour rien, si je n'ai pas ce qu'il vous faut ici, je peux vous envoyer chez les fermes du village ou du village suivant. Vous allez voir, on prend soin de notre monde à l'île !

La dame était d'une familiarité déconcertante pour notre rouquine de la grande ville, elle s'en voyait heureuse et conquise d'un sentiment de « chez soi », comme si elle avait finalement mis les pieds chez elle, un endroit où elle pourrait tisser des liens avec sa communauté. Cela faisait bien changement du café tout près de son condo à Rosemont, ou une fois sur deux le barista qui semblait dépourvu de toute humanité ne répondait même pas au timide bonjour d'Eugénie. Il fallait se rendre à l'évidence, l'attrait de Montréal pâlissait de plus en plus pour Céleste, et ne parlons pas de sa banlieue natale de Laval où les stationnements faisaient office de fierté municipale. Céleste avait passé sa vie entre la banlieue de Laval et le grand centre urbain qu'est Montréal, l'attrait d'une oasis comme l'île se faisait sentir depuis bien longtemps.

Le frigo au fond de la petite épicerie était rempli de fromages de lait cru et de lait se trouvant dans des contenants de verre à l'ancienne, ce qui rappelait à Céleste l'un des derniers étés où elle avait visité sa tante Eugénie, à l'aube de ses seize ans. Elle et Thomas trouvaient ça tellement bizarre qu'Eugénie leur serve du lait qui venait d'une bouteille de verre sans même une étiquette, ils s'étaient justement demandé si Eugénie avait elle-même trait la vache pour produire ce nectar crémeux et délectable embouteillé à l'ancienne.

Ils avaient passé leur après-midi ce jour-là dehors sur la grande galerie de la villa. Céleste se balançait sur la vieille balançoire de bois attachée par des chaînes au plafond de la galerie, tandis que Thomas était à moitié endormi sur une chaise longue juste en dessous du grand orme déformé, sa peau brûlée par le soleil qui l'avait pourchassé toute la journée jusque dans l'eau du fleuve lors de la baignade, car même si la baignade au fleuve s'était arrêtée quelques années auparavant pour des questions de santé publique, les Riverain, eux, s'en contrefichaient. Ils s'étaient toujours baignés dans le fleuve, arguant que les marais et l'apport en eau salée qui venait de l'est faisaient des plages de Sainte-Pétronille un estuaire d'eau propre. Il fallait seulement y croire pour ne pas tomber malade ; la psyché étant souvent notre meilleur système immunitaire.

Céleste revint au moment présent et continua à scruter le petit frigo débordant de produits laitiers du terroir. Elle avait beaucoup de mal à ne pas divaguer dans ses pensées depuis sa rupture avec Pierre. La blessure avait ouvert un portail dans son esprit qui avait fait resurgir plusieurs de ses cicatrices émotionnelles, dont bien sûr celle de la mort de Thomas.

— Je suis désolé ! s'exclama un homme juste derrière Céleste, un client qui attendait son tour pour avoir accès au frigo des produits laitiers.

— Oh non, il y a du lait partout ! répliqua Céleste.

L'homme avait fait faire un saut à Céleste en se plaçant juste derrière elle et quand elle s'était retournée après avoir pris cette dernière bouteille de lait, elle avait fait le saut, elle était tellement dans sa bulle que, par surprise, elle échappa la bouteille de lait et le tout se fracassa contre le plancher de bois en mille morceaux. On pouvait apercevoir le lait se faufiler entre les planches de bois espacées du vieux plancher, les nœuds du bois de pin buvant doucement ce lait d'un blanc neige.

« Ne vous en faites pas avec ça, je m'en occupe ! Ti-Paul, viens-t'en, on a un dégât ! » cria la dame au comptoir de l'épicerie.

Un homme à la carrure et la posture digne du bossu de Notre-Dame fit son apparition. Il s'appliquait à mopper et nettoyer le dégât de Céleste. Il devait bien avoir soixante-cinq ans, mais peser environ cent livres, il avait l'air d'un oiseau mouillé qui aurait dormi sur la corde à linge. Son visage sympathique et son sourire donnaient des indices sur le fait que sa pensée était brouillée par une différence cérébrale quelconque. Céleste apprendrait plus tard que ce monsieur était le fils d'un fermier de l'autre village, Saint-François, et qu'à la mort de ses parents, la famille propriétaire de l'épicerie Choufleur et la famille propriétaire de la cordonnerie avaient offert à Ti-Paul de venir vivre en famille avec eux. Ils l'avaient adopté en quelque sorte, car comme la dame de l'épicerie l'avait si bien dit, on prenait soin des nôtres à l'île. Cette histoire avait stupéfait Céleste, cette bonté sans borne des habitants de l'île et ce souci des autres étaient absolument guérisseurs pour notre héroïne en quête de meilleurs jours.

« C'était la dernière pinte de lait, je suis tellement désolée, mais bon, en même temps, vous avez clairement les mains pleines de pouces pour avoir échappé une pinte de lait alors que vous n'avez rien d'autre dans les mains ! » se mit à rire l'homme d'un rire espiègle et gras.

Céleste ne répliqua pas, elle se sentait un peu humiliée par ce commentaire. L'homme était clairement un blagueur, mais étant déjà anxieuse après avoir causé ce dégât et chancelante émotionnellement, elle n'avait vraiment pas d'autodérision en ce moment. Elle jeta un regard glacial à l'homme qui l'avait gentiment traitée de maladroite.

« Il ne faut pas le prendre comme ça, c'est une blague ! Bon une autre citadine qui n'a aucun sens de l'humour, je vous dis que vous les télétravailleurs vous devriez sortir de chez vous plus souvent, ça vous ferait réaliser que le monde se passe ailleurs que devant votre ordi connecté en continu sur votre grosse *job* de la ville », dit-il à Céleste avec un sourire en coin.

Céleste était outrée. Mais quel ogre sans classe ! Malgré son dédain pour la familiarité trop facile et les allures de cowboy de cet étranger qui s'était improvisé comédien, elle ne pouvait nier qu'il était d'une beauté masculine ravageuse du haut de ces 6 pieds 3, avec ses épaules larges, ses jeans bleus presque trop moulants, mais pas de façon voulue, c'était juste sa disposition naturelle qui faisait qu'il remplissait ses jeans un peu trop bien. Il avait un sourire aux dents blanches, les lèvres rosées presque brûlées par le soleil et la peau basanée, comme s'il avait dansé avec le soleil de l'île un peu trop longtemps. Sa chevelure noire était mi-longue et il portait la barbe, dense, mais courte. On aurait dit un trappeur des bois comme dans les films d'époque. Un torse poilu se laissait voir par le bouton de sa chemise à carreaux qui était déboutonnée jusqu'au troisième bouton. L'archétype parfait du cowboy qui fait craquer les femmes partout dans le monde, mais pas du tout le genre de Céleste, qui tombait habituellement en amour avec les hommes en habit, fraîchement rasés et parlant un français à l'européenne.

Céleste avait toujours trouvé qu'un vocabulaire ultra soigné était le signe d'une intelligence attirante, mais voilà qu'à la vue de cet homme, de cette pièce d'homme comme sa mère aurait dit, elle se sentait plutôt molle dans ses chaussures. Mais il était d'une arrogance incomparable, rire de sa gueule en plein public alors qu'elle se sentait déjà assez mal d'avoir créé ce dégât monstre à sa première visite, franchement il était un vrai clown, ce qui enrayait toute attirance qu'elle aurait pu avoir pour lui.

Céleste contourna le cowboy et demanda à la dame s'il y avait bel et bien une section rénovation du genre quincaillerie, ce que sa voisine lui avait confirmé quelques jours auparavant. La dame lui fit signe que par la porte de gauche à droite du frigo, elle pourrait accéder à la section quincaillerie. Eugénie pénétra dans la quincaillerie de fortune et se mit à chercher désespérément des clous en gros fer forgé pour réparer ou au moins essayer de préserver les volets du derrière de la maison qui menaçaient de s'arracher à la moindre bourrasque. Cependant, elle ne trouva que des petits clous de métal chétifs qui ne feraient jamais l'affaire. La sélection de la quincaillerie était trop peu variée pour le projet d'envergure que Céleste pilotait, elle devrait malheureusement se rendre à Québec où elle avait déjà acheté la majorité des matériaux.

Depuis son arrivée à l'île, un drôle de sentiment s'était emparé de Céleste, elle essayait par tous les moyens d'éviter de quitter l'île, alors que, pourtant, la ville de Québec se trouvait à seulement vingt minutes de Sainte-Pétronille et l'offre de commerçants y était beaucoup plus variée, mais elle avait été frappée du sort qui s'abat sur les insulaires : un désir incontrôlable de tout faire à même leur île.

— Avez-vous trouvé ce que vous cherchiez pour la quincaillerie ?

— Non, malheureusement, mais je vous remercie de votre aide.

— Vous rénovez votre maison ? Des gros projets ?

Céleste était toujours un peu surprise par la curiosité sans fin de ses nouveaux compatriotes orléanais, ils semblaient réellement vouloir la connaître, car partout où elle allait, on lui demandait l'histoire de sa vie en quatre tomes. La dame derrière le comptoir avait les cheveux longs et presque entièrement blancs, il ne restait que quelques traces de gris dans sa crinière qui était enroulée dans un chignon à la française. Elle portait un tablier en gros lin commercial que Céleste avait seulement vu auparavant dans les petits marchés chez les dames vendant des fleurs le long de la Seine à Paris. La chemise de la commerçante lui rappelait aussi ce style décontracté qui faisait office d'uniforme chez les commerçants du sud de la France. Céleste se fit la remarque qu'il restait assurément une influence française dans ce bout de l'île.

— Oui, j'ai hérité de la maison de ma grand-tante à Sainte-Pétronille et je réalise que les travaux sont beaucoup plus structurels et importants que ce que j'avais en tête. En fait, je ne sais même plus par où commencer, je voulais faire le plus gros moi-même, question de me divertir pendant les vacances d'été qui arrivent, mais je pense que je suis en train d'en prendre trop sur mes épaules et qu'au final, c'était inévitable que j'aie besoin d'aide de professionnels, *YouTube* ne suffira pas !

— Ce qu'il vous faut, c'est un entrepreneur, voyons vous ne pouvez pas rénover et restaurer une de ces grandes maisons de Sainte-Pétronille toute seule, c'est insensé. Ce sont des maisons tellement difficiles à rénover, même pour du cosmétique et non du structurel, ce serait trop. Je ne doute pas de vos capacités, mais vous allez crouler sous les problèmes. Comme on dit ici à l'île de nos vieilles ancestrales, tu changes une planche pour découvrir finalement que tout est à refaire en dessous de la maudite planche, ça ne finit plus !

— Oui c'est exactement ça le problème, je pensais seulement peinturer et faire de petits travaux, mais finalement, même la toiture a besoin de réparations !

L'arrogant cowboy avait déjà quitté l'épicerie depuis de longues minutes quand Céleste fut prête à quitter après avoir payé ses emplettes, mais elle ne put s'empêcher de regarder autour d'elle rapidement, la curiosité et le désir inavoué de prendre une dernière photo mentale de cet homme qu'elle avait trouvé méprisant, mais aussi terriblement sexy. À sa sortie de l'épicerie, Céleste aperçut sur le babillard juste à côté de la porte du commerce, une annonce avec des petits numéros de téléphone détachables pour un « entrepreneur fiable à l'Île d'Orléans, tous les villages, excellentes références sur demande, courriel ou texto. »

Céleste se voyait sauvée, elle n'aurait pas à obtenir des dizaines de soumissions, gérer un entrepreneur trop corporatif aux ambitions démesurées, elle avait trouvé le match parfait pour son projet. Elle se disait qu'un entrepreneur de l'île qui avait apparemment bonne réputation allait être le mariage parfait pour son projet. Elle avait déjà avalé la pilule magique des insulaires, cette croyance que si quelqu'un habite aussi à l'île, alors il doit être fiable et doué dans son métier.

En rentrant à la maison, toujours assise dans sa voiture à l'extérieur, Céleste se dépêcha d'envoyer un message texte au numéro de téléphone de l'entrepreneur. Il lui répondit presque immédiatement et indiqua qu'il était disponible dès maintenant pour effectuer les travaux puisque l'un de ses chantiers était sur pause jusqu'au mois de septembre. Il proposait de venir dès le lendemain pour faire une estimation du projet.

Céleste sentait que le vent tournait, les choses allaient mieux depuis qu'elle avait emménagé à la villa. Elle avait non seulement réussi à faire fonctionner le vieux chandelier de laiton du salon principal - un exploit qui relevait de la magie noire tant le chandelier était en piètre état -, mais elle venait aussi de trouver un entrepreneur qui allait l'aider à finaliser la rénovation de son nouveau chez-soi. Céleste était sur une pente remontante !

En déposant son sac sur le petit banc d'entrée, Céleste s'imaginait entendre la villa lui murmurer « merci », elle sentait que la maison la remerciait de travailler si fort à lui redonner son prestige d'antan. Ce que la villa ne savait pas, c'est que Céleste aussi la remerciait tous les jours, car à chaque frottement d'une moulure, non seulement Céleste embellissait la maison, mais elle réparait son cœur au passage.

7 - LE COWBOY

Un gros camion F-150 d'un noir rutilant apparut dans le stationnement de la villa et Céleste sortit immédiatement dehors pour accueillir ce qu'elle espérait être son nouveau partenaire de rénovation, son sauveteur. Mais le cœur de Céleste fit quatre cents tours et elle faillit tomber dans les pommes à la vue du cowboy arrogant qu'elle avait rencontré la veille. Quelle gêne elle ressentait ! Elle avait tant méprisé ce grand gaillard qui s'était moqué d'elle en public lors de sa gourde laitière.

« Quelle surprise ! Bonjour, on ne s'est pas présentés formellement hier, moi c'est Bruno Valpocelli, je suis l'entrepreneur qui a laissé mon annonce à l'épicerie Choufleur ! Ah bien je comprends pourquoi vous avez besoin d'aide, vous êtes la fameuse femme aux mains pleines de pouces ! Vous savez que l'odeur de lait moisi s'est infiltrée jusque dans la cave de l'épicerie Choufleur et qu'ils devront démolir le tout ? » s'exclama-t-il d'un ton rieur.

Le visage de Céleste était d'une pâleur digne des films d'Alfred Hitcock, son teint habituellement rosé était maintenant vert et bleu, un manque d'oxygène causé par l'effroi de penser qu'elle avait peut-être causé tant de dommage à ces gens si gentils de l'épicerie Choufleur.

— Vous réalisez que je rigole, hein ? renchérit Bruno à la vue de la déconfiture imminente de Céleste.

— Ah, j'avais compris que c'était une plaisanterie, je ne suis pas sotte ! répondit Céleste, soulagée au fond, car elle l'avait cru sur parole.

Mais aujourd'hui, au contraire de ce qu'elle avait ressenti lors de leur rencontre à l'épicerie Choufleur, Céleste n'était pas offusquée par les plaisanteries de ce cowboy, elle ne décelait pas de misogynie de sa part, il semblait tout simplement être un blagueur et elle devait avouer que son sens de la répartie était plutôt attirant, car cela dénotait une intelligence qui pourrait donner lieu à des conversations intéressantes. Bruno avait du mordant et ne semblait pas donner dans les conventions. Il dégageait une authenticité fulgurante. Il commençait une phrase en utilisant une syntaxe digne d'une réplique clichée du téléroman *Les pays d'en haut*, mais finissait la même phrase en y insufflant des mots recherchés et pleins de sens, il mariait le joual québécois au français de la vieille Europe d'une manière plutôt poétique et il avait un accent étranger des plus charmants. Céleste ne pouvait s'empêcher de penser que le fait qu'il soit extrêmement beau devait l'aider à accumuler un capital de sympathie auprès de la gent féminine, ce qui devait lui donner le loisir de faire les plaisanteries qu'il voulait sans jamais offusquer vraiment le harem de femmes qui devaient se pâmer devant lui et ses beaux yeux.

— Vous êtes très drôle, très très drôle, vous savez qu'il y a des femmes qui sont même meilleures que des hommes dans le domaine de la construction ?

— Je n'en doute pas, et vous savez, je plaisante, car c'était bien drôle votre expression comme un dindon apeuré hier quand vous avez échappé la pinte de lait. On aurait dit que vous aviez vu un fantôme, je ne pouvais m'empêcher de vous taquiner un peu quand même ! Il faut savoir qu'ici à l'île, on ne prend pas grand-chose au sérieux, si on échappe un verre ou on s'humilie en public en déboulant des escaliers après avoir trop bu de bière, on rit tout simplement, et tout le monde rit avec nous, et non de nous !

Évidemment, Céleste fit la constatation que Bruno avait une façon de parler plutôt familière et un sens de l'humour digne des *saloons* du *Far West*; elle devra s'y habituer. Cela détonnait de son monde citadin. Le parler des insulaires était franc, direct et chaleureux. Bruno portait de grosses bottes de construction, ce qui semblait le rendre encore plus grand que dans le souvenir de Céleste. Et même si Céleste n'avait jamais eu comme critère qu'un homme soit plus grand qu'elle, la preuve étant que Pierre ne mesurait qu'un petit 5pi8, elle ne pouvait s'empêcher de trouver la taille imposante de Bruno incroyablement attirante. Elle était petite à ses côtés, une constatation qui la faisait rougir, mais Céleste chassa rapidement ces pensées loufoques, car elle croyait qu'une femme n'avait jamais à se sentir petite, qu'une femme se devait de prendre tout l'espace dont elle a besoin et qu'aucune femme ne devait compter sur la protection d'un homme, mais plutôt être indépendante jusqu'au bout des ongles.

Céleste était une féministe moderne et affranchie, mais malgré ces valeurs égalitaires bien ancrées dans son intellect, Céleste ne pouvait s'empêcher de penser que Bruno pourrait probablement la lever de terre d'une seule main tellement elle était plus petite que lui, une image qui la rendait chaude de désir, bien contre son gré.

« Je vais prendre votre sac d'ordinateurs et le déposer à l'intérieur avant qu'on fasse le tour de la propriété pour évaluer le projet. »

Céleste s'approcha de Bruno pour prendre le sac et frôla sa main par inadvertance. Elle remarqua par le fait même que ses mains étaient géantes, rugueuses et musclées, un gros contraste avec ses mains à elle, manucurées et douces. Un frisson d'excitation traversa l'esprit de Céleste. Mais que se passait-il ? Était-elle devenue une idiote en quête de validation du premier homme venu ? Pourquoi cette attirance magnétique envers cet homme qui représentait jusqu'à tout récemment tout ce que Céleste disait ne pas rechercher en amour ?

Bruno aussi trouvait Céleste charmante, attirante, et lui aussi avait été traversé d'un frisson au toucher de sa peau. Il regarda Céleste droit dans les yeux et la remercia de prendre son sac afin de le débarrasser pour la visite des lieux. Son regard plongeait directement au plus profond de celui de Céleste. Les yeux de Bruno étaient d'un marron chocolaté et d'une profondeur sans fin, une chaleur se dégageait de son regard, une bienveillance qui avait le potentiel de guérir le plus meurtri des cœurs.

Les nouveaux partenaires d'affaires passèrent l'heure suivante à faire le tour de la propriété, à évaluer les travaux majeurs à réaliser.

Céleste était convaincue de vouloir s'occuper elle-même des travaux cosmétiques et insistait auprès de Bruno qu'elle n'aurait besoin de lui que pour les travaux structurels majeurs, mais Bruno lui répétait qu'il proposait de tout faire, qu'au final en faisant la structure, ce serait peu coûteux de réaliser les travaux cosmétiques en même temps. Céleste se laissa convaincre, elle ne savait plus si c'était vraiment parce que c'était la meilleure idée et elle ne savait même pas si son budget le permettait, ou si c'étaient les yeux de Bruno, avec ses longs cils noirs, qui étaient en train de la convaincre de dire oui à tout. Était-elle en train de tomber sous le charme de ce campagnard ? Bruno n'avait pas de bague au doigt, et ça, Céleste l'avait remarqué hier à l'épicerie et de nouveau aujourd'hui. Cela laissait présager que son cœur était libre d'aimer.

— Vous êtes déménagée de la grande ville ici, dans cette villa, toute seule ? Vous êtes courageuse !

— Oui, j'avais besoin d'un changement, de m'éloigner de certaines choses, un départ à neuf, comme on dit.

Bruno avait su comprendre par le ton de Céleste qu'elle était venue ici à l'île non pas seulement par devoir de s'occuper de la maison de sa grand-tante, mais aussi pour dorloter un cœur probablement brisé par un amour qui n'avait pas fonctionné. Il la trouvait très jolie, même enivrante, car Céleste avait une certaine présence qui imposait. Elle était grande et costaude, mais toute en courbes, pulpeuse de la tête au pied. Son visage aurait pu avoir été confectionné par Picasso lui-même tellement ses traits étaient asymétriques, mais cela lui conférait du caractère et un charme hors du commun. Elle avait des airs chevalins.

La chevelure de Céleste avait frappé l'imaginaire de Bruno, car il n'en avait jamais vu une comme cela auparavant, une vraie crinière de lionne, d'un roux éclatant et scintillant.

En marchant dans la maison, il avait senti le parfum de shampoing floral qui émanait des cheveux de sa nouvelle cliente, piquant sa curiosité d'homme. Il essayait d'être un *gentleman*, mais il avait remarqué le physique presque sculpté de Céleste. Il était déjà conquis.

« Et vous, puisque vous vous permettez de faire inquisition pour connaître les raisons pour lesquelles je me suis établie ici, racontez-moi un peu votre vie, vous habitez quel village ? Vous avez appris à être déplaisant en public à quel âge, au fait ? »

Bruno s'esclaffa d'un gros rire plein d'écho, ce même rire qui avait fait grincer les dents de Céleste le jour d'avant. La jeune femme dévoilait ses vraies couleurs, parce que si elle n'était plus ces derniers temps que la pâle copie de la femme qu'elle avait déjà été, le cœur brisé l'ayant vidé de toute sa fougue, Céleste avait toujours eu le sens de la répartie et une personnalité extravertie. Elle faisait tourner les têtes non pas seulement par sa beauté rappelant les déesses grecques, mais par sa voix porteuse et son sens de la conversation. Elle était une femme d'affaires ayant réussi dans un monde dominé par les hommes et cela en disait long sur sa capacité à relever des défis et à jouer du coude pour avancer dans la vie.

Bruno trouvait rafraîchissant de parler à une femme qui ne semblait pas envoûtée par son physique. Il savait très bien qu'il possédait des atouts lui donnant une longueur d'avance dans le département de la séduction, mais Céleste ne semblait pas tomber sous son charme légendaire, et cela plaisait à Bruno, car il était un homme de défi.

« Stp, tutoie-moi pour l'amour du Bon Dieu ! J'habite à Saint-François, à la pointe est complètement de l'île. Mais comme tu as sûrement pu deviner par mon accent, je suis aussi un transfuge ici à l'île, au Québec en fait. J'ai quitté mon Italie natale il y a quinze ans, au début de ma trentaine, un évènement plutôt triste m'a conduit à chercher une nouvelle vie, une nouvelle terre d'accueil et comme j'ai toujours bien parlé le français, ayant de la famille en France, je suis venu m'établir ici, étant tombé en amour avec la région lors de mon premier voyage en sol canadien. »

Céleste avait bien décelé un certain accent étranger dans quelques tournures de phrases de Bruno, mais il n'avait pas d'accent prononcé comme Pierre qui avait été élevé à la française. Bruno parlait un français québécois des régions, parsemé de quelques erreurs de genre et syntaxe et avec un accent sur le roulement des « r ». Céleste s'était dit qu'il avait probablement des origines italiennes, mais elle ne se doutait pas qu'il était arrivé ici seulement quinze ans auparavant, car il semblait tellement accoutumé au français québécois.

« Un évènement triste, que veux-tu dire ? »

Céleste se surprit à être autant indiscrète. Elle venait à peine de rencontrer Bruno et elle l'engageait comme entrepreneur, non comme prétendant amoureux. Elle regretta immédiatement sa dernière question, car le visage de Bruno s'était tout d'un coup assombri et il semblait pris de court par les questions de Céleste. L'entrepreneur aux épaules larges avait visiblement un passé lourd en émotions.

« Ma femme est décédée en Italie, nous habitions la Toscane, elle était enseignante et moi je faisais de la rénovation. Je n'aime pas vraiment parler de tout ça, c'est douloureux pour moi, un peu malaisant. »

Céleste se trouvait stupide, voire ignoble, elle avait poussé cet homme qui semblait si gentil et rempli de bonté à des confessions sur son passé le chamboulant émotionnellement, mais pourquoi devait-elle toujours pousser la note trop loin ? Sa formation de journaliste avait corrompu son sens de la diplomatie, elle voulait toujours tout comprendre, tout savoir. Pierre détestait cette curiosité maladive de Céleste, cela le rendait toujours mal à l'aise, il n'avait pas été habitué à côtoyer des femmes fortes, ayant été élevé dans une société beaucoup plus patriarcale que le Québec. Cette dichotomie entre sa vision des choses et celle de Céleste se faisait ressentir jusque dans leurs interactions sociales, les deux amoureux n'avaient jamais été faits pour s'entendre, une mer de différence les séparait. Céleste avait compris dernièrement, lors de longues soirées d'introspection à peinturer et écouter Céline Dion, que ce fossé entre les deux au niveau des valeurs sociétales avait probablement contribué à l'érosion de leur couple.

« Je m'excuse sincèrement, je ne sais pas pourquoi je t'ai posé autant de questions personnelles, on se connaît à peine, je crois que cette semaine j'étais tellement isolée ici dans ma vieille maison décrépite que j'en ai perdu mes assises au niveau de la sociabilité ! Mes condoléances pour ta femme, je vis un deuil aussi en ce moment comme tu as peut-être pu comprendre, pas un deuil aussi difficile que le tien, mais j'ai aussi le cœur amoché, alors je compatis. »

Cette confidence de Céleste, cette démonstration de vulnérabilité, avait adouci le visage de Bruno. Elle n'était pas une cliente hystérique et commère qui voulait tout savoir de lui afin de pouvoir potiner avec ses voisins. Au contraire, il sentait qu'elle comprenait un peu ce qu'il avait traversé. Un cœur brisé en reconnaît un autre si facilement et Bruno offrit un sourire à Céleste avant de continuer la visite.

« Bon, assez de sentiments pour aujourd'hui, on a du travail à faire ! » dit-il sur un ton joyeux.

Au fil des jours, des semaines qui suivirent, Céleste établissait une nouvelle routine, elle travaillait surtout en matinée sur son ordinateur, et puis elle jasait avec Judy au téléphone à l'heure du lunch jusqu'à l'arrivée de Bruno qui se pointait le nez habituellement vers 13 heures et travaillait jusqu'au coucher du soleil. Une fois son travail terminé, Céleste rejoignait son nouvel ami et entrepreneur et mettait la main à la pâte. Bruno était fasciné par la force physique de Céleste, celle qu'il avait prise pour une fille de la ville dépourvue de qualité pour le travail manuel était devenue une aide précieuse dans les travaux les plus périlleux, de la plomberie jusqu'à l'électricité. Céleste prouvait à Bruno qu'elle était une femme d'action et que rien ne l'effrayait, pas même les rongeurs qui avaient élu domicile dans le grenier.

Une amitié sincère se créait entre les deux amis, un lien assez étroit se tissa pendant le mois de juillet puisqu'ils passaient le plus clair de leurs journées ensemble. Ils riaient, se racontaient leur vie, se taquinaient à coups de pinceau et riaient à n'en plus finir quand Bruno racontait des anecdotes sur des clients excentriques qu'il avait eus au fil des ans.

Céleste ne pouvait pas se mentir indéfiniment, elle développait une attirance et des sentiments pour Bruno et avec les jours et les semaines qui défilaient, elle pensait de moins en moins à Pierre. Elle aimait encore Pierre, ce qui la surprenait au plus haut point, comment pouvait-elle développer des sentiments amoureux pour le beau Bruno, mais tout de même continuer à pleurer Pierre plusieurs nuits par semaine ? Est-ce que son cœur avait la capacité d'être scindé en deux ? Une moitié dévouée à pleurer Pierre et sa rupture et l'autre moitié dédiée à s'émerveiller devant les papillons que Bruno lui faisait ressentir ?

Depuis son arrivée à l'île quelques semaines plus tôt, Céleste avait ignoré les multiples appels de ses parents. Elle se sentait coupable de ne pas leur donner de nouvelles, mais elle ne voulait pas recevoir personne pour l'instant à la villa, elle préférait avoir terminé les travaux avant de recevoir des visiteurs. De plus, elle était très occupée à jouer à l'apprenti entrepreneur et sa tête était ailleurs. Céleste avait en quelque sorte mis sa vie sociale en veilleuse, à part bien sûr son amitié avec Judy. Les deux siamoises continuaient à s'appeler presque quotidiennement. Leurs sujets de prédilection du moment étaient le beau Bruno et la promotion que Judy convoitait au travail. Elles pouvaient relater les mêmes histoires durant des heures, sans jamais se lasser.

Judy avait fait la remarque à Céleste plus tôt cette semaine-là qu'elle constatait que Céleste commençait à parler de plus en plus de Bruno et de moins en moins de Pierre. Céleste avait répondu que même si elle trouvait Bruno très attirant et qu'elle commençait à ressentir quelque chose pour lui, elle avait encore le cœur trop brisé pour même penser à retomber en amour. De plus, même si Céleste croyait que Bruno semblait lui aussi ressentir quelque chose de plus qu'amical envers elle, il n'avait pas fait d'avances amoureuses jusqu'à présent, alors la possibilité que les sentiments de Céleste ne soient pas réciproques existait bel et bien. « Arrête, tu sais bien qu'il doit *tripper* sur toi, tu es parfaite ! » lui répondait Judy lorsqu'elle doutait.

* * *

C'est par un beau samedi du début du mois d'août que Céleste attendait Bruno, installée dehors sur une chaise Adirondack, admirant le fleuve, les fleurs sauvages et la végétation luxuriante de ses plates-bandes, protégée du soleil par la vieille pergola de bois blanc. Elle avait préparé du thé glacé pour Bruno, une recette de sa grand-mère maternelle, cette grand-mère que Céleste avait peu connue, mais beaucoup aimée. Leur connexion, bien que de sang, avait été brève et de surface. Malgré cette distance entre elle et Cheryl, elle avait tout de même plusieurs beaux souvenirs d'enfance, notamment des après-midi à regarder le fleuve par les grandes fenêtres à battant de la maison de Cheryl sur la rue des Remparts à Québec. Les fenêtres s'ouvraient au complet à l'étage supérieur, ce qui créait une magie à l'intérieur, une lumière venait saturer le salon et un vent frais et marin venait souvent chatouiller leur visage.

Cette maison était bien l'une des seules choses que Cheryl avait conservées de l'époque où elle était fortunée, elle avait toujours refusé de s'en défaire, peut-être parce qu'en secret, elle aimait garder un œil sur sa sœur, car bien que le paysage avait changé drastiquement à Québec depuis les années où les deux sœurs étaient complices, on pouvait toujours apercevoir la pointe ouest de l'île par la fenêtre de l'étage supérieur.

Céleste eut une petite pensée pour mamie Cheryl en prenant une gorgée de son thé au romarin et à la lavande. Elle se demandait si, du haut des cieux, sa grand-mère savait qu'elle avait hérité de la villa Riverain et, surtout, ce qu'en dirait cette femme aux opinions arrêtées et à la personnalité ambivalente.

— Qu'est-ce qui me vaut c't'invitation ? C'est samedi, tu sais que c'est mon jour de congé au lieu du dimanche, dis-moi pas que la nouvelle toiture n'a pas résisté à la pluie d'hier ?

— Non non, sinon tu perdrais ta bonne réputation d'entrepreneur ! Non, Bruno, ce matin n'est pas une invitation pour des rénovations.

— Alors c'est une invitation en ami ? demanda Bruno, l'air épanoui par ce qui semblait être une opportunité de passer à la vitesse supérieure dans sa relation avec Céleste, car bien qu'il n'eût pas joué au charmeur avec elle et était resté professionnel, il était de plus en plus envahi par un sentiment d'amour et de désir pour la belle rousse.

— Oui, c'est une invitation amicale et non professionnelle.

Bruno était flatté, il avait pensé inviter Céleste à une soirée en tête à tête ou même à un café amical à la fin du projet de rénovation, mais il n'en avait pas encore eu le courage. Céleste était chaude et froide en même temps et il avait de la difficulté à déceler ses vraies intentions. Il avait bien réalisé qu'elle semblait elle aussi le trouver de son goût, mais il n'en était pas certain. C'était la première fois depuis longtemps que Bruno était dépossédé de ses moyens face à une femme, mais Céleste l'avait ensorcelé. Elle était une Riverain, après tout.

— J'dois te dire, Céleste, que le dernier mois à travailler ici à la villa avec toi m'a rendu *ben* heureux. Le projet est pas mal terminé et ça m'attriste un peu, j'ai beaucoup aimé restaurer cette maison, il y a vraiment quelque chose de spécial ici, à la villa.

— Oui, effectivement, il y a quelque chose de spécial ici, répondit Céleste, en douceur, pesant chacun de ses mots.

Les mains de Céleste étaient humides de nervosité et ses jambes chancelantes, l'adrénaline venait ajouter de la braise au désir que Céleste ressentait pour Bruno. Céleste déposa son verre de limonade sur la petite table de céramique à côté de sa chaise et s'approcha un peu plus près de Bruno. Son cœur battait si vite qu'elle était incapable de parler. Ses lèvres tremblotaient tellement elle était investie d'une émotion forte, d'un désir inassouvi que même un avion-citerne n'aurait pu étancher. Elle regarda Bruno droit dans les yeux et toucha son bras, un geste anodin, mais qui eut un effet de tonnerre dans tout l'être de Bruno. La tension entre les deux soupirants était électrisante.

Bruno approcha son visage de celui de Céleste et murmura d'une haleine chaude « Je peux t'embrasser ? »

Céleste hocha la tête vigoureusement, elle rêvait de ce moment depuis des semaines. Elle avait fantasmé sur le moment où son amitié avec Bruno évoluerait vers une passion romantique, et dans ses rêves, Bruno la plaquerait contre un mur de la cuisine, fermement, mais en douceur, et l'embrasserait passionnément. Il prendrait tout d'elle et lui dirait qu'il la désirait depuis le premier moment où il avait posé les yeux sur elle, un scénario que Céleste jouait en boucle dans sa tête le soir avant de dormir, un scénario de film américain.

L'approche de Bruno en ce dimanche matin avait été tellement différente de celle rêvée, elle aurait pu normalement être déçue de sa trop grande douceur, son trop grand respect et sa demande de consentement pour l'embrasser, car cela tuait son fantasme dans lequel Bruno lui sautait dessus sans avertissement, tel un cowboy macho. Mais Céleste s'étonna que l'approche tout en respect et en douceur de Bruno eut plutôt l'effet d'intensifier son désir. Céleste ressentait des élancements dans ses cuisses, une chaleur dans son bas ventre, le murmure de Bruno « je peux t'embrasser » était tellement rempli de désir et d'amour qu'elle était en train de fondre.

Bruno continua à embrasser Céleste en appuyant sa main sur sa nuque. Ce fut un baiser long et langoureux, un baiser qui rassasiait une famine émotionnelle, qui embrasait un feu de désir déjà présent chez Céleste. La jeune femme était complètement molle, comme si sa chaise s'enfonçait dans le terrain jusqu'à une autre dimension, des frissons lui parcouraient les bras, le cœur, sa peau était extrêmement sensible, car attisée par l'excitation amoureuse. Les lèvres de Bruno étaient enveloppantes, chaudes et se collaient parfaitement aux siennes.

Céleste était en train de tomber éperdument amoureuse de Bruno.

Elle n'avait pas été intime avec une autre personne que Pierre depuis plus d'une décennie, mais Bruno avait respecté son rythme et avait su amadouer cette lionne au cœur brisé.

L'amour entre Bruno et Céleste était en train de se construire, doucement, mais solidement, au fil des marées du fleuve, lové dans la jungle de Sainte-Pétronille, les deux protégés par un cocon, la villa Riverain.

8 – EUGÉNIE 1946, UN INTERMÈDE DE NOIRCEUR, UNE ÉCLAIRCIE EN DÉCEMBRE

Cela faisait déjà quelques années depuis l'escapade rocambolesque d'Eugénie à New York avec sa sœur. Le temps avait quelque peu affaibli son drame et la vie avait repris un cours normal à la villa Riverain. Il ne se passait tout de même pas une journée sans qu'Eugénie ne repense à Paul. Elle se demandait s'il était heureux, s'il avait tout ce dont il avait besoin. Elle se sentait tellement ingrate lorsque ces pensées s'infiltraient dans son esprit, comme si sa sœur ne saurait pas s'occuper de Paul, alors qu'elle était plutôt l'héroïne dans cette histoire et elle, la vilaine.

Eugénie se réveilla ce matin de décembre avec le même poids sur la poitrine que tous les matins, les pensées lourdes et le chagrin au bord des lèvres. La vie avait certes retrouvé son cours normal, mais au plus profond d'Eugénie, sa peine était toujours aussi grande. Sa fille Clarisse et son plus jeune, Arthur, avaient vu leur mère quelque peu dépérir au fil des années qui avaient suivi son mystérieux voyage à New York pour aider Cheryl, un voyage qui s'était d'ailleurs soldé par la disparition totale des liens entre les deux sœurs, ce qui ajoutait encore plus à la confusion ressentie par tous quant à ces évènements bizarres.

— Je n'ai pas vraiment faim, Gertrude.

— Vous devez manger un petit quelque chose. Vous le savez, chaque hiver vous vivez un genre de torpeur émotionnelle et vous vous recroquevillez ici dans le grenier, ce n'est pas bon pour vous. Mangez un petit quelque chose, ça va vous aider à retrouver des forces.

Eugénie acquiesça à la demande de Gertrude, cette servante devenue amie et faisant figure de mère auprès d'Eugénie. Elle n'osa pas corriger Gertrude, mais au fond son désarroi saisonnier n'était pas dû à l'hiver qui s'installait, car la dépression saisonnière d'Eugénie n'était pas saisonnière, mais plutôt constante, comme une fidèle amie ne laissant jamais ses côtés. C'était juste que l'hiver, avec le froid, la neige, et la quiétude de l'île, Eugénie peinait plus à cacher son état émotionnel que durant la saison estivale, cette saison où le village regorgeait d'actions et de joie. L'hiver à l'île amenait une énergie plus statique et plus propice à la nostalgie.

Le commentaire de Gertrude avait germé dans l'esprit d'Eugénie et elle décida de descendre prendre le déjeuner avec Antoine, une sorte de courage momentané la poussant à essayer de désenfouir la vieille version d'Eugénie, cette épouse souriante et cette mère aimante.

— Bon matin, mon amour.

— Bon matin, Antoine.

Un sourire un peu triste se dessina sur le visage d'Antoine, car la réponse civile, mais peu chaleureuse de sa femme lui confirmait qu'elle était aux abords d'une nouvelle période de détresse émotionnelle. Un autre hiver où il verrait sa bien-aimée errer entre les murs de la villa, une tisane à la main, les yeux perdus dans le vide, et son cœur qui semblait se lamenter à travers sa poitrine.

Antoine se doutait bien que l'escapade de sa femme à New York six ans auparavant avait été l'élément déclencheur de sa tristesse, une tristesse qui était devenue au fil des ans quasi systémique et que peu de choses arrivaient à enrayer. À l'envers des contes qu'il avait lus aux enfants dans leur jeune âge, aucun dénouement joyeux ne semblait se pointer à l'horizon pour Eugénie. Il avait fait le choix de ne pas aborder le sujet du voyage à New York, il n'avait pas envie de se faire briser le cœur et au passage de briser sa famille. Antoine était un homme solide, un matelot de première ligne, un joueur d'équipe de naissance et jamais il ne lâcherait les siens, y compris sa belle Eugénie.

« Je pense amener les enfants voir les décorations de Noël à l'église du village ce soir. Viens avec nous, ça les rendrait si heureux. »

La culpabilité venait de s'immiscer dans la pensée d'Eugénie, faisant compétition avec sa peine habituelle. Elle savait très bien qu'elle avait été une mère absente d'esprit au cours des dernières années, son cœur étant seulement à moitié présent ici à la villa avec sa famille, l'autre moitié dans les bras de Philip ou plutôt, auprès de Paul, ce petit garçon qu'elle aurait tant voulu élever parmi les siens. Eugénie avait vécu les dernières années avec un couteau dans le ventre. La seule pensée de Paul lui donnait le vertige, elle en avait été séparée à la naissance, mais c'était comme si elle ne l'avait jamais vraiment laissé aller, comme s'il était toujours dans son ventre. Elle vivait un deuil qu'elle refusait d'amener à bon port, s'entêtant à rester au stade un du deuil, celui du déni et de la souffrance éternelle.

« D'accord, tu as raison, on a besoin de temps en famille et j'ai toujours aimé les décorations de Noël à l'église. »

Antoine était si content, il était persuadé qu'Eugénie refuserait cette invitation et préférerait passer une autre soirée enfermée dans le grenier à lire ses romans victoriens. Il s'était ennuyé de sa femme durant les dernières années, celle qui avait été la lumière de la villa et du village en entier et le centre de son univers avait plongé de plus en plus dans une dépression tenace et douloureuse. Les enfants demandaient souvent à leur père pourquoi leur mère était si souvent malade et si elle allait finir par guérir, car c'était l'excuse qu'Antoine donnait à tout le monde pour expliquer l'absence d'Eugénie dans toutes les sphères de leur vie familiale. Lui-même ne savait pas vraiment ce qui se passait avec sa femme, elle était devenue secrète et mélancolique, ce qui détonnait énormément de la Eugénie qui était connue de tous comme étant une force étincelante de bonté et de sociabilité, la duchesse de Sainte-Pétronille !

Le soir venu, Eugénie enfila son grand manteau de fourrure, un cadeau de sa mère pour son anniversaire. La fourrure de vison était d'un brun sombre reluisant de richesse et de beauté. Eugénie était aussi affublée d'un chapeau de fourrure de lapin qui lui donnait l'air d'une starlette américaine. Juste avant de descendre rejoindre les siens dans le lobby de la villa, Eugénie s'approcha du petit miroir de sa vanité et appliqua un rouge à lèvres d'un rouge sanguin, ce qui complémentait ses longs cils noirs de mascara et ses pommettes découpées de fard rouge. Eugénie était une très belle femme et, malgré la tristesse qui sévissait dans tout son être, elle était tout aussi resplendissante qu'avant. Antoine n'avait pas vu sa femme aussi coquette et féminine depuis bien longtemps et, quand il l'aperçut du haut du grand escalier principal, celui menant au salon et au lobby de la villa, il eut un réchauffement dans la poitrine tellement il trouvait Eugénie ravissante. Antoine, comme tous les hommes, était une créature visuelle et il avait toujours trouvé sa femme magnifique, presque ensorceleuse.

Eugénie avait eu un déclic la semaine dernière lorsque Clarisse était venue la voir au grenier pour lui demander si elle les aimait toujours ou si elle avait arrêté de les aimer, elle et son frère, et si cela expliquait pourquoi elle était toujours en isolation et semblait fuir les occasions de rapprochement familial. Clarisse avait demandé le tout sur un ton peureux et triste. Ce fut comme une gifle au visage pour Eugénie.

Elle avait abandonné ses deux enfants et son mari, sa famille et sa communauté, au profit du désespoir que l'abandon de Paul lui avait causé, mais ce temps était révolu et elle allait essayer tant bien que mal de retisser le maillage qui avait été si fort entre elle et sa famille. Eugénie réalisait qu'elle avait arrosé le mauvais jardin intérieur au cours des dernières années, celui de la tristesse et du manque de Paul, au profit de celui où germait sa famille, le seul jardin qui pouvait lui apporter du bonheur de façon authentique et permanente. Elle avait donc pris la décision de devenir la jardinière de son bonheur au lieu du bourreau de son propre malheur.

— Maman, tu es tellement belle !

— Merci, mon ange, tu es toi aussi tellement beau et élégant, mon Arthur. J'espère juste que ce bel habit du dimanche va survivre à toutes tes aventures dans la neige que tu vivras ce soir, car j'ai entendu dire que tes amis de la petite école vont aussi aller voir les décorations à l'église ce soir. J'imagine que la compétition de bonhomme de neige sera de retour ce soir !

Les enfants d'Eugénie grandissaient à vue d'œil, les deux jeunes Riverain oscillaient maintenant entre l'enfance et l'adolescence, cette période bizarre où une rébellion intérieure s'installe alors qu'on a toujours autant besoin de l'amour de nos parents. Eugénie jeta un regard sur Clarisse et Arthur juste avant de verrouiller la porte de la villa. Elle ressentait une culpabilité immense d'avoir été si absente au cours des dernières années, mais elle sentait qu'elle était sur le point de se sentir mieux et elle se promit à cet instant même, ce soir de décembre, qu'elle allait tout faire pour redonner la dorure d'antan à cet amour inconditionnel qu'elle ressentait pour sa famille.

— C'est de toute beauté cette année, monseigneur Huot.

— Oui, les sœurs de la congrégation ont fait des miracles, surtout qu'avec la guerre qui a sévi pendant de si longues années, tout est plus cher et plus rare. Ces bonnes sœurs sont des fées de Noël !

Effectivement, l'église de Sainte-Pétronille, perchée sur la plus haute montagne du village et accessible par deux chemins, un partant du chemin Royal Nord et l'autre du chemin Royal Sud, était de toute beauté en ce soir de décembre 1945. L'église était imposante, toute de pierre grise, et ses fenêtres en arche qui devaient mesurer plus de trente pieds de haut donnaient des allures de cathédrale européenne à cette petite bourgade religieuse. Les lumières de Noël qui scintillaient sur la façade avant de l'église et la neige qui recouvrait toutes les surfaces en ce mois de décembre des plus enneigés venaient ajouter à la luminosité de la scène. Les sapins d'un vert forêt intense avaient été décorés par les sœurs avec des guirlandes rouge et or, leur donnant au passage un air festif et royal. Devant l'église se tenait une petite place publique où les gens pouvaient stationner leur voiture et déambuler en admirant la vue du fleuve à l'horizon et la forêt avoisinant l'église et le cimetière. Des carillons de Noël se faisaient entendre et l'écho apporté par cette forêt dense ajoutait de la magie à l'atmosphère féérique.

Eugénie prit la main d'Antoine et se rapprocha de lui alors que les deux époux observaient les enfants qui jouaient dans la neige et admiraient à leur tour les décorations de Noël. C'était une tradition de la petite famille de venir voir les décorations des fêtes durant le mois de décembre, ce mois où la neige recouvre le sol d'un blanc soyeux, mais où le froid n'est pas aussi mordant qu'en janvier ou février, un moment parfait pour de longues marches dans la quiétude du village. C'était aussi l'occasion d'assister à la messe de 19 h et de sociabiliser avec les autres familles du coin. Antoine était tellement heureux qu'Eugénie se soit jointe à eux, il se disait que c'était peut-être le début d'un temps nouveau, que sa belle Eugénie était sur le chemin du retour. Son cœur s'emplissait de joie juste à y penser.

Eugénie aperçut un jeune garçon du coin de l'œil, il s'était joint aux autres enfants qui étaient affairés à construire un bonhomme de neige sur le terrain vacant à côté de l'Église. Plusieurs familles du village venaient profiter des décorations et des buttes qui se formaient naturellement dans ce secteur encore forestier de l'île, cela amusait les enfants et créait de beaux moments en famille. Eugénie ne reconnaissait pas le petit garçon, mais elle ne pouvait s'empêcher de l'observer sans arrêt, elle était intriguée par lui, elle le trouvait magnétique.

— Antoine, c'est qui le petit garçon qui joue là, avec la fille des Dugal ?

— Aucune idée, peut-être un visiteur chez une des familles de l'île. Pourquoi ?

— Pour rien, je me demandais, c'est tout.

Mais Eugénie se sentait profondément interpellée par ce petit garçon, un sentiment maternel envers lui vrombissait au plus profond de ses tripes. Elle essaya tant bien que mal de chasser ces pensées et de se concentrer plutôt sur cette belle soirée en famille, mais elle était incapable de détourner le regard. Elle s'avoua finalement à elle-même ce qu'elle ressentait véritablement, elle avait la pensée folle que peut-être ce petit garçon était Paul, son Paul.

— Tu t'appelles comment ?

— Jacques, pourquoi ?

Eugénie se retourna immédiatement et comprit que son

imagination lui avait joué un tour, son chagrin lui avait joué une pièce de théâtre, car elle réalisa que ce petit garçon n'était pas Paul. De plus, pourquoi Paul serait-il venu ici ce soir, sans Cheryl ni Scott ?

« Je suis en train de devenir folle. » pensa Eugénie.

— Je vais rentrer, j'ai très froid et je vais aller préparer des chocolats chauds pour tout le monde à votre retour.

— D'accord, mon amour.

Antoine s'avança pour embrasser Eugénie et elle esquiva son baiser, puis finalement elle le regarda droit dans les yeux et finit par apposer un baiser furtif sur ses lèvres. C'était tout ce qu'elle pouvait lui donner pour le moment. Le couple avait connu des années de grande sécheresse amoureuse depuis qu'Eugénie avait dû abandonner le petit Paul, et bien qu'Antoine ne sût pas exactement pourquoi sa femme était devenue au fil des ans une statue de marbre, il vivait une profonde détresse. Ce manque de rapprochement, ce désert de caresses et ces baisers qui avaient disparu de leur quotidien avaient doucement brisé le cœur d'Antoine, car étant un homme de sa génération et donc de peu de mots, une des seules façons qu'il connaissait de démontrer son amour envers Eugénie passait par le contact physique.

Sur le chemin du retour, à la descente de la rue de l'Église, cette rue toute en pente qui semblait continuer jusqu'au fleuve et jusqu'à Québec de l'autre côté de la rive, Eugénie se mit à penser à la folie qu'elle avait presque commise. Un peu plus et elle allait demander au petit garçon s'il était Paul, ce qui aurait semblé absolument insensé et aurait probablement mis la puce à l'oreille d'Antoine ou, du moins, cela lui aurait confirmé certains de ses soupçons.

En était-elle rendue à imaginer Paul dans chaque petit garçon inconnu qu'elle allait croiser ? Était-elle vouée à une vie de zombie, mi - présente et mi-psychotique ? Eugénie devait continuer d'avancer et l'heure de la guérison était venue, sinon elle craignait de tout perdre. Antoine était un homme bon et éperdument amoureux d'elle, mais il semblait exaspéré par ses sautes d'humeur et sa dépression qui duraient depuis plusieurs années. Clarisse semblait aussi de plus en plus repliée sur elle-même, une adolescente qui avait besoin de sa mère plus que jamais. Arthur, lui, semblait tellement inquiet pour la santé de sa mère, des inquiétudes et une anxiété qu'Eugénie ne se pardonnerait jamais de lui faire vivre. Décidément, Eugénie devait se ressaisir. Le destin de la dynastie Riverain était en jeu, mais aussi sa survie à elle, car Eugénie savait sans l'ombre d'un doute que si elle finissait par briser le cœur de sa famille pour de bon, jamais elle ne se le pardonnerait et que cette douleur serait trop grande pour qu'elle y survive.

Sur le chemin du retour, à environ cent pieds de la villa, Eugénie leva les yeux vers le ciel et fut émerveillée d'apercevoir une constellation d'étoiles qu'elle n'avait jamais vue auparavant. Les étoiles semblaient faire une esquisse ressemblant à un ourson en peluche, le tout illuminait la rue menant à la villa. Eugénie ne se souvenait pas d'avoir aperçu cette constellation auparavant, c'était comme de la magie, un miracle de Noël comme aurait dit Arthur, lui qui croyait encore au père Noël du haut de ses huit ans.

Eugénie s'arrêta de longues minutes pour observer ces étoiles magnifiques dans le ciel bleu et sombre qui planait au-dessus de son village, de son île. Une pensée se fraya un chemin dans l'esprit d'Eugénie. «Je dois ouvrir mon cœur à nouveau, je dois me rappeler que je suis une Riverain, ma famille a besoin de moi, Paul est en sécurité, Philip n'est pas l'amour que mon destin m'a envoyé pour vieillir à mes côtés, je dois absolument retrouver le plaisir de vivre ou je vais sombrer et faire chavirer toute ma famille en même temps. »

Eugénie voyait clair comme de l'eau de roche pour la première fois depuis des années. Les femmes ont ce don de toujours finir par se relever les manches et travailler pour le bien collectif. Elles ont le sort du monde sur leurs épaules et sont les seules capitaines de navire capables d'amener à bon port notre monde entier. Sans elles, les familles éclatent, nos sociétés se désintègrent et les hommes sont sans direction. Eugénie devait reprendre la navigation, renfiler ses habits de mère, épouse, femme et rouvrir son cœur à l'amour. Elle devait sauver sa famille, mettre de côté son deuil du petit Paul et son amour pour Philip et penser au bien de tous. Un autre sacrifice féminin au profit du bien d'autrui. Jamais un homme n'aurait cette vaillance du cœur.

Et ce fut ainsi, avec un résolu digne des plus grands conquérants de l'histoire moderne, qu'Eugénie, émerveillée et inspirée par la Voie lactée de l'île, en ce soir froid et hivernal de décembre, qu'elle fît son chemin vers la villa, le cœur neuf d'un espoir nouveau. L'espoir que le bonheur allait revenir la visiter et que la dépression qu'elle avait connue depuis tant d'années allait rebrousser chemin et rentrer chez elle, laissant place à la Eugénie d'avant, la pétillante et chaleureuse matriarche Riverain. Encore une fois, l'île avait réussi un tour de force, un sauvetage de dernière minute.

9 – LA LETTRE MYSTÉRIEUSE

— Je crois, oui, que je suis en amour.

— Je suis bouche bée ! On parle de Bruno depuis des semaines, mais je pensais que c'était seulement une aventure ou plutôt un fantasme qui te faisait t'évader de ta prison de tristesse. Wow, je suis si contente d'entendre ça ! Ma petite Céleste qui s'est enfuie le cœur en mille morceaux vers un patelin et qui tombe en amour avec un sexy cowboy campagnard et entrepreneur. Mais, mon Dieu, tu vis le conte de fées digne de toutes les séries américaines ! Tu es un cliché ambulant ma Cel ! *My god!* s'exclama Judy au téléphone, alors que Céleste venait de tout lui révéler. Les deux femmes riaient, car effectivement l'histoire semblait tout droit sortie d'un feuilleton d'après-midi.

Judy était un peu comme la famille choisie de Céleste, et vice-versa, pas parce que les deux femmes étaient en mauvais terme avec leur famille respective, mais plutôt par destin cosmique. Elles étaient devenues des sœurs de cœur, celles avec lesquelles on peut avoir des conversations jusqu'au petit matin sur les aléas de la vie et le côté futile du quotidien. Elles étaient la thérapeute de l'une et l'autre, la sœur qu'elles n'avaient pas eue. Judy suppliait sans cesse Céleste de la laisser venir la visiter à la villa, les deux amies n'avaient jamais passé autant de temps chacune de leur côté, mais Céleste tenait mordicus à ne pas recevoir personne à la villa tant que les travaux ne seraient pas terminés. Il y avait aussi le fait que Céleste aimait secrètement passer ces balbutiements amoureux avec Bruno dans la paix la plus totale, sans n'avoir de compte à rendre à personne et pouvant donc se dédier entièrement à cette nouvelle flamme.

— Je ne vois vraiment pas pourquoi tu angoisses même si ta séparation vient juste d'être officialisée, tu es en amour avec Bruno et tu vis à des heures de Pierre, c'est fini et pour toujours ! Pierre est mort, nous n'avons qu'à agir comme s'il était mort, voilà tout ! Tu dois vivre ta vie, si Bruno t'apporte du bonheur, *well go for it girl!* Il n'y a pas de règle qui dit que tu dois attendre X nombres de mois ou d'années avant de retomber en couple, seul ton cœur sait ce dont tu as besoin. Tu sais que moi et les protocoles sociaux, ça ne fait pas bon ménage !

— Tu as raison, je n'ai pas à attendre d'être officiellement divorcée pour créer une nouvelle histoire avec Bruno, on est quand même avancés au niveau de la séparation légale. La vie a mis Bruno sur mon chemin et je ne me suis jamais sentie autant heureuse, c'est différent d'avec Pierre, c'est simple, beau, plaisant, et chaleureux.

— Oui et tu répètes constamment que Bruno est excessivement sexy, alors il semble qu'il t'offre tout ce dont tout le même rêve, une attirance physique et une complémentarité intellectuelle, voilà une combinaison gagnante à la loterie amoureuse !

— Je sais que je me répète souvent sur le fait que Bruno est un très bel homme. Quand je dis qu'il est chaud, je ne veux pas seulement dire au niveau physique, mais aussi que son corps est chaud, il émane une chaleur incroyable, sa peau est brûlante en tout temps et ça me vire à l'envers. Tu te souviens comment Pierre avait toujours froid, les lèvres froides, le corps froid ? Bruno est tout le contraire : son sang est chaud… la nuit, c'est comme un calorifère portatif !

— C'est peut-être parce que Bruno n'est pas un démon reptilien comme Pierre, le salaud !

Les deux amies s'esclaffèrent. Céleste pouvait toujours compter sur Judy pour la faire rire, cette démone au grand cœur avait le sens de l'humour aiguisé et même dans les moments les plus sombres ou anxiogènes de leur vingtaine, Judy avait toujours su comment extirper un rire de Céleste.

— Céleste, il y a aussi une autre raison pour laquelle j'insiste depuis des semaines pour venir te rendre visite à la villa. J'ai besoin de t'annoncer quelque chose, une décision qui va changer toute ma vie. Je pense que… je suis enfin… prête.

— Que veux-tu dire ? Prête à ce que je pense que tu es prête ? répondit Céleste.

— Oui, la grande opération, murmura Judy à l'autre bout de la ligne, d'un ton presque inaudible.

— Je te supporte, comme tu sais, dans tout et n'importe quoi, mais cela étant dit, je croyais que tu te sentais déjà femme, on en a tellement discuté longtemps, du fait que ce qui a entre tes jambes ne dicte pas ton genre et qu'un appareil génital c'est vraiment juste de la biologie ! Tu m'as toi-même éduquée sur la différence entre notre sexe et notre genre.

— Oui, je sais, mais c'est quelque chose que je veux faire. Je me sens rendue là dans mon cheminement, dans ma vie. Tu sais, Claudia, mon amie que j'ai rencontrée dans le CA du condo ? Eh bien elle a soixante-quatre ans et est trans depuis des décennies et jamais elle n'a ressenti le besoin de procéder avec la chirurgie de confirmation de genre. Je croyais être un peu comme elle, mais au fil des ans et plus récemment, la dysphorie m'est revenue quand je regarde en bas et je pense que c'est la vie qui m'amène à prendre cette grande décision. Je suis certaine de mon choix et tout est déjà planifié.

— Je t'aime tellement, Judy, tu es ma sœur. Seule toi sais ce dont tu as besoin pour te sentir bien, alors moi je te dis ceci : vas-y et je vais t'accompagner là-dedans !

Céleste s'affaira à rassurer sa meilleure amie, peu importe sa décision ou la convalescence à laquelle elle devrait faire face, si Judy ressentait le besoin de finaliser sa transition avec une opération, elle allait être là pour elle. Céleste n'avait jamais connu Judy avant sa transition initiale. Pour Céleste et pour tout leur entourage, Judy était une femme à part entière et Céleste s'amusait à lui dire qu'en fait elle était même plus femme qu'elle puisqu'elle avait fait le choix d'en devenir une. Une chose que Céleste n'avait même pas choisie de son plein gré ! Qu'est-ce qui est plus femme que de faire le choix d'en devenir une ? Céleste avait été élevée dans une famille où la valeur première était de « vivre et laisser vivre » et c'est ainsi qu'elle vivait sa vie et ses relations.

Il avait été entendu entre les deux acolytes qu'après l'opération de Judy au printemps suivant, elle viendrait se rétablir et prendre des vacances en convalescence à la villa Riverain, le lieu idéal pour se ressourcer après une opération d'une telle envergure. Céleste et Judy avaient pleuré avant de raccrocher la ligne. Céleste pleurait par empathie et par fierté de la force de sa meilleure amie et Judy pleurait parce que, pour elle, c'était comme placer le dernier morceau de casse-tête dans la construction de son identité, un moment comparable à une deuxième naissance. Chaque personne trans suit un parcours et a des besoins différents, mais pour Judy, cette finalité qu'était l'opération de confirmation de genre allait solidifier son choix de vivre sa vie en étant pleinement elle-même. Céleste ne le disait pas souvent à Judy, mais elle s'était souvent inspirée de sa force pour relever des défis dans sa propre vie, comme quoi être femme, même de nos jours, nécessitait toujours une résistance hors du commun, la société étant encore confectionnée par et pour l'homme. Les choses avaient changé depuis l'époque d'Eugénie, mais le combat restait le même, l'égalité totale et l'autonomie de corps.

Le mois d'août était ensoleillé et magnifique à l'île, enchanteur et chaud, des fleurs colorées poussaient chaque semaine du mois d'avril jusqu'au mois de septembre. La végétation dense et tropicale de Sainte-Pétronille enveloppait la villa Riverain d'un vert épais et exotique, les fougères de boston poussaient comme de la mauvaise herbe le long du chemin Royal, les pelouses étaient sauvages et incontrôlables, les vignes accaparaient les multiples clôtures de pruches qui s'enfilaient le long des rues et trottoirs. La nature était une déesse dans ce petit village de campagne. Les habitants vivaient en harmonie avec le fleuve, ils sentaient son arôme s'élever les jours de grande humidité, ces journées où les feuilles des arbres perlaient même s'il n'avait pas plu, gavant au passage une pléthore d'insectes venus s'abreuver.

Céleste avait de la difficulté à s'habituer à cette humidité accablante, surtout que la villa n'avait pas d'air climatisé et que même si en soirée le mercure baissait suffisamment pour pouvoir dormir au frais, il y avait de ces nuits où l'air était si dense qu'on se serait cru en Amazonie.

Vers la fin août, en pleine canicule, Céleste arrosait les hostas dans la plate-bande qui encerclait la maison d'ouest en est, ces pauvres hostas qui habituellement ne requéraient que peu d'entretien étaient maintenant assoiffés par la chaleur suffocante et avaient besoin qu'on leur humidifie la coiffe, une tâche que Céleste trouvait relaxante et même spirituelle. C'est en se déplaçant vers le devant de la maison pour aller remplir son arrosoir d'eau que Céleste vit apparaître une dame fin cinquantaine dans le stationnement de la villa, à quelques mètres de la galerie d'entrée. Céleste se demandait bien ce que cette dame lui voulait, car la quinquagénaire avançait d'un pas confiant, comme si elle connaissait bien cette maison et ses habitants.

— Bonjour, vous devez être Céleste, je suis Anne-Lise, la fille de Gertrude.

— Bonjour, je suis désolée, peut-être que votre souvenir

m'échappe, mais je ne sais pas de qui vous parlez.

— Gertrude était la domestique et grande amie de votre grand-tante toute sa vie durant, j'ai accompagné Eugénie dans ses dernières années puisque ma mère est décédée bien avant Eugénie.

Une domestique à l'emploi de la villa, voilà un détail que Céleste avait oublié. Céleste ne s'était pas rappelée jusqu'à présent du fait que sa grand-tante avait un mode de vie beaucoup plus aisé que celui de sa famille et à bien y penser, Céleste se souvint tout d'un coup que chaque été, lors de ses visites à la villa durant son enfance, il y avait toujours des gens qui s'occupaient du terrain, du ménage et même de la cuisine, un souvenir qui venait d'être ravivé par la visite surprise d'Anne-Lise. Céleste eut alors une pensée pour ses cousines. Elles avaient probablement hérité d'une belle fortune au décès d'Eugénie, voilà peut-être ce qui expliquait qu'elles étaient peu enclines à vouloir hériter de la villa. Elles avaient probablement déjà leurs propres villas aux quatre coins du monde ! Céleste, de son côté, avait grandi dans une famille de classe moyenne, presque ouvrière, mais elle n'avait manqué de rien.

— Oh c'est un plaisir de vous saluer, je n'ai pas reparlé avec ma grand-tante et ne l'ai pas revue depuis au moins vingt ans, donc beaucoup de souvenirs de sa vie m'échappent. Elle a probablement déjà mentionné Gertrude ou même vous. C'est ma mémoire qui fait défaut.

— Vous n'aviez pas reparlé à votre tante depuis tant d'années ? Vous m'en voyez surprise, car elle parlait de vous et de vos parents, de votre père, assez souvent, je dirais même presque tous les jours.

Eugénie esquissa un sourire timide, elle trouvait cela bien étrange d'avoir autant marqué la vie de sa grand-tante, et ses parents aussi ; un mystère planait.

— Ça me fait chaud au cœur d'apprendre qu'Eugénie pensait encore à nous dans ses derniers jours, on ne l'a jamais revisitée et je ne sais pas vraiment pourquoi, j'imagine que la vie et le destin ont tout simplement créé un vide entre les deux branches de la famille, mais je garde des souvenirs impérissables de mes visites ici, chez matante Eugénie, et je suis tellement contente de pouvoir vivre maintenant à la villa, c'est magnifique et je n'aurais jamais pu me payer ça.

— Je comprends. Je crois qu'Eugénie avait arrêté de parler à vos parents vers la fin des années 90 de ce que ma mère m'avait raconté. Apparemment, Eugénie et sa sœur en avaient convenu ainsi, pour le bien de tous.

Quel étrange commentaire. « Pour le bien de tous », Céleste peinait à comprendre ce qu'Anne-Lise insinuait.

— Que voulez-vous dire, pour le bien de tous ?

— Ne portez pas attention à mes commentaires, je suis parfois un peu mélangée dans mes pensées quand il fait aussi chaud qu'aujourd'hui, dans tous les cas je voulais vous dire un beau bonjour et vous souhaiter la bienvenue, j'habite sur la rue Orléans à quelques pas d'ici, je suis toujours disponible si vous avez besoin de quelque chose. De plus, j'avais promis à Eugénie de vous remettre cette lettre en mains propres.

— On ne m'avait pas parlé d'une missive mystérieuse lors de la lecture du testament, répondit Céleste sur un ton un peu confus.

— Eugénie m'avait fait promettre de vous remettre la lettre en mains propres et de ne pas l'inclure dans aucun des papiers de la succession. La lettre est cachetée, je ne l'ai jamais ouverte.

Aussi soudainement qu'elle était apparue, Anne-Lise disparut tel un renard noir qui se fond dans la forêt. Céleste contempla la lettre, légèrement mouillée par la serviette froide qu'elle avait entourée autour de son cou dans l'espoir de se rafraichir et qui dégoulinait abondamment. Mais que pouvait bien contenir cette lettre qui était décorée d'un sceau en cire rouge ? Était-ce un autre cadeau de sa grand-tante Eugénie ? La vie semblait sourire à Céleste ces dernières semaines, alors les pensées de Céleste se tournèrent vers la possibilité que cette lettre contienne encore plus de bonnes nouvelles. Elle eut une pensée pour Judy, bien que les motifs qui la conduiraient à venir visiter la villa étaient ancrés dans une convalescence qui allait être pénible, Céleste se disait qu'elle aimerait tellement avoir sa meilleure amie à ses côtés pour vivre ces nouveaux mystères que la villa lui apportait. Judy était tellement perspicace et Céleste voulait aussi son opinion sur Bruno.

Céleste rentra à l'intérieur de la villa, un peu secouée par cette rencontre avec Anne-Lise, comme quoi ce village, cette villa, cette île étaient remplis de secrets qu'elle dénicherait au fil du temps, elle se sentait comme une héroïne dans un roman de Mary Higgins Clark, les mystères apparaissaient de part et d'autre de son quotidien.

La jeune femme prit place sur l'un des canapés de velours rose qu'elle avait trouvés dans le grand cabanon arrière et qu'elle avait restaurés elle-même, l'une de ses fiertés. Céleste ne se doutait pas que ces mêmes sofas avaient été donnés par Cheryl à son décès à sa sœur Eugénie, un petit legs en guise de « je ne t'oublie pas » qui l'avait tellement touché. Les deux sœurs avaient tant aimé partager des confidences sur ces mêmes sofas de velours, leurs robes des beaux dimanches qui s'agençaient parfaitement au velours royal des sofas, un thé à la main et le sourire aux lèvres ; des moments qui avaient pris fin à la naissance de Paul.

Céleste ouvrit l'enveloppe et y trouva à l'intérieur une lettre d'une page, écrite recto verso, à la main, à l'encre bleu foncé. L'écriture en pattes de mouche semblait sortie tout droit d'une autre époque. Il était facile de deviner que la main qui avait écrit la lettre était fragilisée et vieille, car malgré une calligraphie noble et des plus parfaites, on pouvait déceler quelques hésitations dans le coup de crayon, un certain manque de vitalité dans la force d'écriture. Céleste se dit qu'Eugénie avait probablement écrit cette lettre vers la toute fin de sa vie.

« Ma chère petite Céleste,

Premièrement, je voulais t'offrir mes condoléances les plus sincères pour le décès de ton frère Thomas. Je garde des souvenirs magiques de ces après-midi où vous vous chamailliez devant le grand orme. Je m'excuse de ne pas être allée aux funérailles, mais c'était mieux ainsi. Je pense que tu as toujours senti une connexion forte entre nous, comme celle que j'avais avec ton père.

Je ne vais pas passer par quatre chemins, mes jours sont comptés et j'aime mieux aller droit au but. Il y a de cela plusieurs décennies, j'ai vécu un amour d'été avec un homme incroyable, le beau Philip, et de cet amour est né un enfant illégitime. J'ai dû me résigner à donner le bébé en adoption à ma sœur Cheryl, qui l'a élevé comme s'il était le sien. Malgré ma grande amitié avec ma sœur Cheryl et le cœur brisé avec lequel je devais composer, il fut décidé que la meilleure des choses était pour moi de rester le plus loin possible de ton père, mon enfant biologique, pour son bien, le mien et pour préserver la paix sociale entourant nos familles. À cette époque, si j'avais gardé un enfant illégitime, nous aurions peut-être tout perdu. J'ai agi avec ma tête.

C'est au décès de ma sœur Cheryl que j'ai repris contact avec ton père, mais sache que tes parents ne sont pas au courant. Tu es la première personne à part Cheryl qui sait la vérité.

Comme tu le sais maintenant, mes petits-enfants ne sont pas intéressés à hériter et à s'occuper de la villa Riverain, à mon plus grand désarroi. La solution à ce problème m'est apparue au petit matin, il y a de cela quelques semaines. J'ai décidé de te léguer la maison à toi, ma Céleste, celle qui a tant aimé y courir et t'y épanouir durant ces journées d'été de ton enfance lorsque tu me visitais avec tes parents et ton frère.

Je dois avouer que malgré mon désarroi face au peu d'intérêt que tes cousines ont manifesté envers l'héritage de la villa, une partie de moi fut contente qu'ils refusent cette part de la succession, car j'ai toujours caressé le rêve fou d'un jour donner cette villa à ton père, qui après tout aura été privé toute sa vie durant d'une vie beaucoup plus aisée.

Dans tous les cas, une somme est réservée en fidéicommis pour t'aider à rénover la maison, car bien que cette villa fût mon refuge le plus précieux, la vieillesse m'a contrainte dans les dernières années à diminuer au maximum mes efforts de conservation. Ne te sens surtout pas mal envers tes cousines, elles recevront d'énormes sommes et investissements comme héritage, alors profite au maximum de ce cadeau que sont la villa et les sommes en fidéicommis.

Tu es ma petite fille, une Riverain descendante directe de moi et je veux que tu saches que la villa était mon bien le plus précieux, mon univers durant près de 100 ans. S'il te plaît, accepte ce cadeau comme une preuve d'amour pour toi et ton père. La seule chose que je te demande, du fond de mon cœur, est de garder la maison dans la famille Riverain, je t'en supplie, mais je suis persuadée que je fais des supplications pour rien. Je te connais Céleste, même si je ne t'ai pas vue depuis des dizaines d'années, je suis convaincue qu'à la lecture de cette lettre, tu seras déjà installée à la villa, lovée entre ses murs protecteurs, c'est là que tu trouveras toutes tes réponses et que tes rêves deviendront réalité.

Tu es comme moi Céleste, une insulaire de cœur. Je suis persuadée que cette maison et ce village au bord du fleuve sont notre point d'ancrage, à toi, à moi, à notre famille tout entière et élargie. La villa Riverain, comme tu le découvriras au fil du temps, est une personne en soi, une entité qu'on se doit de respecter et de chérir. Nous n'en sommes que les gardiens. Cette maison essuiera tes larmes quand ton cœur vivra des péripéties négatives et elle célébrera avec toi tes plus grandes joies.

Pour ce qui est de ton père, sache que j'ai essayé toute ma vie durant de partager ma richesse avec Cheryl, qui je savais vivait des difficultés depuis les problèmes financiers de son mari, mais Cheryl était fière et n'a jamais voulu accepter mon argent. Ma sœur a toujours été une idole pour moi, elle est devenue une des premières femmes de la famille à avoir une carrière. Bien que modeste, sa carrière en administration est une fierté pour moi, le fait qu'elle ait créé sa propre vie, loin de notre vieille fortune familiale, me remplit de fierté, et j'ai cru apercevoir en toi ce même feu lorsque tu me visitais quand tu étais jeune, et je suis persuadée que tu es devenue une femme indépendante et accomplie.

De mon côté, j'ai passé ma vie à gérer notre famille, nos investissements, sécuriser les placements pour les Riverain, et sache que même si Cheryl a renoncé à toute cette fortune afin de pouvoir réellement élever Paul à l'écart de nous tous, certaines surprises attendent Paul et toi dans les prochaines décennies. Les Riverain ne laissent jamais les leurs sans le sou.

Je ne sais pas si tu as remarqué le petit conifère planté juste à côté de la rivière qui passe derrière le terrain de la maison, à l'orée du bois, mais je l'ai planté à la mort de ton frère, de façon symbolique. Je t'invite à t'y ressourcer dans ces moments où la vie te fera vivre des montagnes russes d'émotions.

Que cette maison et cet héritage mettent un baume sur la blessure que je viens d'ouvrir en te révélant la vérité, mais sache qu'il ne faut pas te sentir trop dépossédée, trop chamboulée par cette nouvelle, car Cheryl était ma sœur et ma meilleure amie, et finalement, tout est bien qui finit bien, car je sais qu'elle a su aimer ton père de la meilleure façon qui soit.

Ta grand-tante, Eugénie. »

Céleste était paralysée par ces aveux. Elle avait lu et relu la lettre, tentant de déchiffrer d'autres indices ou détails sur tous ces mystères qui venaient de se clarifier. La signature d'Eugénie s'entêtant à signer « grand-tante » était aussi un indice pour Céleste qu'Eugénie avait toujours considéré Cheryl comme la vraie mère de son père, Paul, et que même à quelques jours de la mort, elle était fidèle à cette promesse faite à Cheryl. Après tout, une mère est celle qui lange le bébé, console les premières peines d'amour et accompagne l'enfant dans ses différents balbutiements. Cheryl avait donc été la vraie mère de Paul.

Jamais Céleste n'aurait cru faire partie de si grands secrets familiaux. Elle ne put s'empêcher de verser quelques larmes, en douceur, en pensant à son père, qui n'aura jamais su qu'Eugénie était sa mère de son vivant, cette révélation étant venue trop tard, comme une voleuse enlevant l'opportunité à son père de connaître Eugénie sous un autre angle, un angle maternel. Mais Eugénie avait un point, comme elle l'avait écrit, Paul avait toujours louangé Cheryl, sa « mère » et avait toujours décrit son enfance comme étant empreinte d'amour et de bonheur. Paul était jeune quand Cheryl et Scott perdirent la majorité de leur fortune et donc il n'avait pas souffert de ce nouveau statut social, car il n'avait jamais manqué de l'essentiel : l'amour.

Céleste entendit la porte d'entrée grincer, c'était probablement Bruno à qui elle avait donné une clef, un pas de plus vers un engagement des deux tourtereaux à devenir un couple, un vrai.

— Céleste, as-tu vu un fantôme ? demanda Bruno en voyant Céleste déconfite et en larmes sur le divan du salon principal en face du foyer de marbre noir.

— Serre-moi dans tes bras, s'il te plaît, Bruno.

Bruno acquiesça à la demande de Céleste, un peu inquiet, car ce n'était pas dans les habitudes de sa bien-aimée de demander si clairement un support émotionnel. Céleste était plutôt du genre à tout garder en dedans. Malgré l'empathie qu'il ressentait, Bruno ne pouvait s'empêcher de penser qu'il venait de gagner un autre match, de franchir une autre étape dans la conquête du cœur de Céleste. Après tout, elle venait de lui démontrer une grande vulnérabilité et avait demandé à lui, son homme, de la réconforter. Bruno se sentait masculin et paternel.

Il n'attendit pas une seconde de plus et vint s'installer juste à côté de Céleste, l'enveloppant dans ses bras musclés. Il prit les jambes de Céleste et les déposa sur les siennes, permettant à Céleste de s'enfouir complètement dans sa poitrine. Il n'avait jamais senti Céleste ainsi, elle semblait faite de papier mâché, petite et fragile. Céleste inspira longuement les effluves d'après-rasage mélangés à une odeur d'assouplisseur à vêtement et de sueur qui émanaient de Bruno, des odeurs qui témoignaient d'une journée de travail physique, mais rien de cela ne répugnait Céleste. Au contraire, elle se sentait en sécurité, les phéromones de Bruno la calmaient, sa masculinité brute la confortait en cette soirée de grandes émotions.

Céleste sanglota quelques minutes dans un silence étouffé, puis elle se mit finalement à raconter tout ce qui lui était arrivé dans la journée à Bruno ; la visite inopinée d'Anne-Lise, la lettre d'Eugénie, les mystères, la découverte de sa vraie généalogie, son amour pour Eugénie, mais aussi son mépris et son ressentiment pour le mensonge. Sa culpabilité envers son père, la mort de son frère, sa rupture avec Pierre, tout y passa.

Céleste passa près d'une heure à déblatérer sur ses sentiments, ses pensées les plus profondes, et Bruno, infaillible confident, l'écoutait sans aucune interruption, si ce n'était que pour poser un baiser bienveillant sur ses lèvres à quelques reprises. Céleste, à travers les sanglots, répéta aussi à plusieurs reprises qu'elle s'ennuyait de Judy et qu'elle se sentait désorientée sans sa présence, et cela confirmait à Bruno ce qu'il avait déjà compris, ces deux femmes étaient plus que des amies, mais des sœurs spirituelles. Cela le fit sourire, Céleste avait un cœur tellement pur, elle aimait les siens farouchement et sans retenue.

Lorsque Céleste eut terminé de déballer son trop-plein d'émotion, elle embrassa Bruno, mais son baiser était différent de ceux qu'ils avaient connus au courant des dernières semaines. Ce baiser était fougueux et invitant, un baiser qui allait marquer le début d'une nouvelle étape.

Céleste avait discuté avec Judy durant de longues heures du fait qu'elle et Bruno n'avaient pas encore fait l'amour et qu'elle trouvait cela bizarre que ce ne soit pas encore arrivé, alors qu'ils étaient ensemble quasiment tous les jours et qu'ils filaient le parfait bonheur. Elle craignait même que cela puisse signifier que leur union était platonique, ou pire, que peut-être Bruno n'éprouvait pas de désir envers elle. Judy avait rapidement balayé du revers de la main ces sottises que Céleste se plaisait à énumérer et qui émanaient clairement d'une insécurité, le genre d'insécurité qui vient habiter ceux dont le cœur a été piétiné.

De baiser en baiser, la tension montait de plusieurs crans entre Céleste et Bruno, et les deux rescapés du cœur finirent par s'entrelacer passionnément, nus l'un contre l'autre, leurs bouches soudées l'une à l'autre, comme si l'un ne pouvait respirer qu'à travers l'autre. Le corps de Bruno était lourd et puissant, son poids écrasait Céleste, mais elle n'avait pas mal et n'était pas indisposée d'avoir Bruno complètement couché par-dessus elle. Elle adorait sentir que Bruno était massif, grand et costaud, elle était paralysée sous son corps d'homme, à la merci de ses désirs. Bruno était doux, mais il prenait les commandes et ses lèvres dégustaient chaque racoin du corps de Céleste. Tous les sens de la jeune femme étaient enflammés, elle sentait son corps en entier trépider d'un désir si puissant qu'elle en perdait la notion du temps.

Céleste se plaisait à tâter les bras musclés de Bruno, sa peau chaude qui la faisait titiller de plaisir. Elle se sentait femme. Bruno et Céleste firent l'amour pour la première fois ce soir-là, et ce fut plus qu'un moment d'amour entre deux humains partageant une connexion profonde, ce fut presque célestiel, divin, une valse des dieux. Céleste se surprit même à penser durant leurs ébats que peut-être que tout cela n'était qu'un rêve, un filament de son imagination, car aucune maladresse, aucun moment malaisant, ni même un accrochage ne se produire durant cette relation avec Bruno. Leurs corps semblaient accordés comme un piano d'orchestre, chaque note et chaque mouvement parfaitement alignés l'un à l'autre.

Céleste ressentait un sentiment de plénitude totale alors que Bruno était si près d'elle, en elle. Des cris d'extase à l'unisson rompaient le tempo des halements de la passion, Céleste s'agrippait aux cuisses musclées et poilues de Bruno alors que lui était en pleine conquête du port féminin de Céleste, ce portail qui semblait avoir été construit par des anges, pour lui, juste pour lui. Les feux d'artifice continuèrent jusqu'aux petites heures du matin, l'amour entre les deux tourtereaux était maintenant scellé dans le destin.

La lune plombait sur le fleuve qui entrelaçait la pointe ouest de l'Île d'Orléans en cette chaude soirée d'août. Les vents humides de juillet commençaient à tourner vers la fin août, et l'automne arrivait à petits pas sur la majestueuse villa Riverain, et avec elle, elle amènerait son lot de tourmentes, venant dissiper le brouillard de bonheur dans lequel Céleste se trouvait présentement. La petite-fille d'Eugénie allait avoir des choix difficiles à faire.

10 – EUGÉNIE 1958, LA PASSION À NOUVEAU

Eugénie venait d'avoir quarante-cinq ans et se remettait doucement de la décennie qui venait de passer, car elle avait trouvé les années 1950 plutôt éreintantes et hautes en émotions. La fin de la guerre en Europe et le commencement de celle au Vietnam avaient des répercussions jusqu'à Québec et Montréal. De plus, plusieurs grandes familles marchandes avaient déclaré faillite à la suite d'une panoplie de nouvelles inventions et de technologies qui avaient rendu désuets et obsolètes leurs modèles d'affaires, mais Eugénie s'estimait heureuse. Les affaires de la famille Riverain avaient été épargnées.

En ce matin grisâtre du mois de novembre 1957, Eugénie s'affairait à écrire la note qui servirait d'instructions pour Gertrude. Au fil des ans, Eugénie avait peaufiné le ton de ses notes, ajoutant au passage des salutations, des sourires, car elle s'était peu à peu liée d'amitié avec Gertrude malgré leur relation peu orthodoxe, l'une étant la servante de l'autre. Au moment de cacheter l'enveloppe, assise dans son lit avec la brise du vent du fleuve venant la cajoler par la grande fenêtre de sa chambre, Eugénie reçut un appel des plus surprenants.

« *Hello, this is the Riverain Residence.* », avait répondu Eugénie, avec son accent francophone très prononcé. Elle avait préféré répondre en anglais, car les seuls appels que recevait la résidence aussi tôt le matin étaient toujours en lien avec les investissements d'Antoine et les banquiers avec qui la famille faisait affaire étaient pour la plupart à New York.

« C'est moi », dit l'interlocutrice d'Eugénie au bout de la ligne, d'une petite voix gênée.

Le cœur d'Eugénie se mit à battre très fort dans sa poitrine, sa bouche s'assécha instantanément et une anxiété généralisée s'installa dans tout le corps de la presque-quinquagénaire. Eugénie aurait reconnu cette voix au milieu d'une cacophonie de chanteurs d'opéra.

— Cheryl, eh… je suis contente d'entendre ta voix.

— Je sais, moi aussi.

— Est-ce que tout est correct ? Rassure-moi, il n'est rien arrivé à Paul ?

—Non, je t'appelle, car notre cousine Mary, celle qui nous avait tant aidées au début des années 30 lorsque… enfin je n'ai pas besoin d'élaborer. Eh bien, elle est décédée en Europe lors d'un voyage, les circonstances semblent nébuleuses, mais bon, elle avait un cancer de la gorge depuis plusieurs années, alors on imagine qu'elle est décédée des suites de cette maladie. Je savais que tu avais perdu contact avec elle, mais je voulais tout de même t'informer de son décès, après tout elle fut comme un pont entre nos deux rives durant… durant… les épreuves que nous traversions à ce moment-là.

Cheryl n'avait pas à élaborer plus en détail sur le sujet, Eugénie se rappelait exactement qui était May, cette cousine éloignée qui les avait hébergées et tant aidées lorsqu'elle devait donner naissance dans le plus grand secret à New York. Le cœur d'Eugénie fut foudroyé d'une peine effroyable à penser que la vie venait de leur arracher Mary, une Riverain.

Pour le temps d'une trêve de leur distance imposée, les deux sœurs passèrent de longues heures au téléphone ce matin-là, et placotèrent de tout et de rien, donnant à l'autre le compte-rendu de sa vie. Elles repoussaient le moment inévitable où elles allaient raccrocher et retourner à leur vie, chacune de leur côté. Les promesses de ne plus jamais se côtoyer étaient toujours d'actualité, car les deux sœurs ne pouvaient concevoir de révéler leur secret au grand jour, cela détruirait l'aura de décence entourant leurs familles respectives et, au passage, plusieurs relations seraient anéanties.

Durant leur appel, Cheryl avait expliqué à Eugénie que les affaires de son mari étaient parties en fumée, lui qui avait investi tout son argent dans un nouveau système de radio, seulement pour tout perdre à l'arrivée de la télévision, cette invention qui était démoniaque aux yeux de certains et révolutionnaire aux yeux d'autres. Cheryl avait été contrainte de trouver du travail, son mari Scott n'étant plus capable de faire vivre la petite famille depuis qu'il avait perdu sa compagnie et qu'il avait été rétrogradé à un poste minable de commis comptable dans une petite entreprise manufacturière de l'ouest de Montréal.

Les temps étaient durs et Cheryl avait mis la main à la pâte et était devenue secrétaire pour un avocat du centre-ville. La paie était bonne, mais c'était tout de même un changement radical pour cette héritière qui avait toujours vécu dans la ouate. Eugénie avait insisté pour s'occuper financièrement de Cheryl et de sa famille, car ses affaires à elle allaient bien et Antoine avait réussi à faire fructifier leur fortune au fil des décennies, sans même ne jamais avoir recours au fonds fiduciaire de naissance d'Eugénie.

Cheryl avait refusé catégoriquement de prendre ne serait-ce qu'un dollar de sa sœur, car elle était d'avis qu'au moment où elle avait adopté Paul, leurs familles s'étaient séparées et étaient devenues étrangères, liées par le sang, mais non pas par une familiarité quelconque. Cheryl redoutait toute intrusion par Eugénie dans sa vie familiale, une obsession peu logique et nourrie par la peur qu'un rapprochement quelconque ouvre la porte à Eugénie afin qu'elle fréquente Paul et qu'au fil du temps et des rencontres, ce dernier comprenne qui était vraiment matante Eugénie. Elle aimait mieux vivre une vie modeste à travailler, loin du glamour qu'elle avait jadis connu, que de demander la charité à sa sœur. Eugénie ne portait pas de jugement sur Cheryl, mais elle ne pouvait s'empêcher de penser qu'il était quelque peu odieux de faire vivre une vie beaucoup moins fortunée à Paul par fierté mal placée, mais les deux sœurs avaient tellement pris de distance durant les dernières décennies qu'Eugénie n'aurait jamais osé partager le fond de sa pensée avec Cheryl. Cela aurait été déplacé.

* * *

Eugénie termina son déjeuner et entama une discussion des plus futiles avec Antoine, son fidèle mari. La conversation tournait autour du jardin et des plans d'aménagement pour l'été suivant. La salle à manger était sous le point d'être redécorée, d'épais tapis orange et une table aux pattes chromées allaient bientôt moderniser le décor de la demeure aux allures victoriennes. Fini les tapisseries de soies lourdes, il fallait faire place aux années soixante. Les fleurs ludiques et les couleurs excentriques faisaient fureur.

— Antoine, as-tu vu qu'ils ont commencé les travaux pour compléter le chemin du bout de l'île ? Les Dugal vont voir leur terrain coupé en deux et on pourra maintenant se déplacer tout le long de la pointe de l'île et rejoindre le chemin principal.

— Je sais, mais ce n'est pas encore fait, on verra bien, mais bon les Dugal ont vendu plusieurs de leurs terrains dont celui du club de golf et les maisons d'été situées sur la partie au nord du nouveau chemin municipal. Les temps changent, ma douce, le village va devenir habité à l'année, le tout est déjà commencé depuis la construction du pont.

— Je déteste cela, je sais que je devrais me réjouir du pont, du chemin, de toutes les nouvelles maisons qui poussent ici, à Sainte-Pétronille, ça amènera de la vie, quelque chose qui m'a manqué durant les années les plus ennuyantes du village, mais j'ai peur qu'on dénature mon repère.

— Nous sommes l'une des dernières familles à habiter encore notre villa. Plusieurs sont abandonnées ou converties comme celle des Portheus, qui sera d'ailleurs vendue à un groupe religieux.

— J'aime encore mieux un groupe religieux qui préservera le patrimoine que ces nouveaux riches qui voudront en faire des maisons modernes, carrées et si difficiles à digérer et avec tellement de fenêtres qu'on dirait qu'ils veulent qu'on joue au voyeur en passant devant leur maison !

La plupart des familles de Sainte-Pétronille, celles qui venaient y passer leurs étés, cette bourgeoisie très anglaise, mais aussi francophone parfois, avaient quitté leur maison ou les avaient vendues à de nouvelles familles qui y habitaient à temps plein, le village étant devenu un peu une banlieue de la ville de Québec, facilement accessible à l'année avec le pont construit dans les années trente. Un repère de retraités. Eugénie et Antoine, pour leur part, avaient connu la belle époque, celle des étés où le village frémissait de vie avec toutes ces familles bourgeoises qui se baignaient et se prélassaient dans ce lieu de villégiature hors du commun au Canada, et ils avaient connu les hivers désertiques où seulement une poignée de familles restaient au village. La plupart préféraient de loin passer l'hiver à New York ou Montréal, parfois Québec. C'était plus facile pour les affaires.

Antoine avait souvent passé des semaines à Québec ou Montréal pour le commerce, mais Eugénie n'était pas vraiment sortie de son île chérie depuis quelques années déjà. Sa sœur et elle n'étant plus très proches et les affaires de son mari nécessitant de moins en moins son doigté de femme de la haute société, elle ne voyait plus vraiment l'intérêt. Son dernier périple à Montréal fut pour le décès de sa mère, quelques années auparavant. Un voyage qui avait bien failli détruire sa famille et lapider son cœur tel un galet qui se désagrège en mille morceaux gaufrés.

C'était en 1955 qu'Eugénie avait fait son dernier voyage à Montréal pour un ultime au revoir à sa mère, la dame étant décédée du vieil âge. Eugénie y était allée seule et même si la convenance aurait voulu que la famille arrive ensemble, la relation d'Eugénie avec sa mère s'était dégradée depuis leur rupture publique, comme si la famille avait été scindée en deux. La mère d'Eugénie l'avait toujours blâmée d'avoir abandonné sa sœur et de ne pas vouloir être dans la vie de son neveu, une traitrise que Judith Riverain n'aura jamais comprise.

Dans le train en direction de Montréal, Eugénie, du haut de sa jeune quarantaine, avait le cœur lourd, elle savait qu'elle reverrait Cheryl et elle craignait d'y voir Paul, elle ne l'avait jamais revu depuis son accouchement à New York plus de 15 ans auparavant. Eugénie avait le ventre vide d'une vie et le cœur anéanti, mais elle était reconnaissante envers sa sœur Cheryl pour ce don de soi qu'elle avait accepté de faire et même si les deux sœurs n'étaient plus en contact, elles s'aimaient encore d'un amour fraternel qui dépassait la distance et le temps. Elles étaient un peu comme des jumelles, liées par la pensée. Durant le long périple en train, Eugénie se remémorait cet après-midi fatidique où elle et Cheryl avaient fait le chemin dans un wagon similaire à celui-ci, en route pour New York. Elles avaient passé le périple en train à comploter cette histoire sans queue ni tête et qui allait sceller leur destin à jamais, dévier le cours de leur vie pour de bon.

Au débarquement du train à la gare Windsor, juste au nord-est du Vieux-Montréal, une gare grandiose aux allures de château, construite en s'inspirant du château Frontenac, mais aux accents plus edwardiens que celui-ci, Eugénie prit quelques minutes pour retrouver son sens de l'orientation. Celle qui avait passé plusieurs mois de façon sporadique à Montréal se trouvait un peu confuse à la vue des gratte-ciel qui meublaient maintenant l'espace. La métropole avait un tout nouveau visage, elle était encore plus vibrante qu'autrefois, elle était passée de petite sœur rebelle à centre économique mondial en moins d'un siècle.

— *Fairmount Hotel, please.*

— *Sure, madam.*

L'anglais avait continué son ascension au centre-ville de Montréal.

La chambre d'hôtel d'Eugénie était envoûtante, relaxante et luxueuse, toute de velours et décorée de tapis orientaux d'un rouge persan intense. La décoration était digne d'un palais européen. Le *Fairmont Reine Elizabeth* était l'apogée du luxe en plein centre-ville de Montréal. Eugénie aperçut son reflet dans le grand miroir de sa chambre, elle avait fière allure dans son tailleur de laine noir à la Chanel, un peu à l'antipode de la mode qui était en train d'émerger et qui se voulait plus moderne pour la femme de l'après-guerre, mais Eugénie trouvait que son apparence offrait un joli compromis entre la coqueluche Chanel qui était dans tous les magazines de mode et les robes à corset qui jonchaient encore le sol du grenier à la villa Riverain.

Les perles qu'Eugénie portait étaient un cadeau d'Antoine, des perles d'eau douce d'un blanc nacré et scintillant de toute leur splendeur, ses cheveux étaient gonflés par la dernière invention de l'époque, le *spray net*, et ses collants étaient moins opaques que dans les années précédentes, la peau n'avait plus la même réputation satanique qu'à l'époque. On trouvait dans cette chambre du Fairmont une femme à moitié moderne et à moitié vieux jeu, une femme des années 1950, prise entre les carcans de l'avant-guerre et la modernité engloutissante de l'autre moitié du siècle.

Il n'y avait aucune cachette avec elle-même, Eugénie n'arrêtait pas de penser à Philip, bien que leurs derniers ébats eussent lieu il y a de cela si longtemps, dans la petite épicerie abandonnée de son village, Eugénie pouvait encore se remémorer les mains de Philip, ses yeux perçants de beauté, son toucher si enflammant. Elle n'y avait pas pensé depuis des années, mais en étant à Montréal, le lieu de leurs premières rencontres, une lueur d'espoir malsaine s'était infiltrée dans son subconscient.

Et si le destin l'emmenait à revoir son beau Philip ? Après tout, elle était chez lui, dans sa ville, son terrain de jeu. Eugénie avait gardé l'adresse de la maison familiale de Philip, le *871 The Boulevard* à Westmount. Elle avait toujours conservé cette adresse dans la doublure d'un de ses sacs à main, bien que sa mémoire n'eût pas besoin d'un rappel écrit pour se rappeler exactement l'adresse tant elle s'était imaginée cogner à sa porte au fil des ans. Et si elle prenait un taxi et allait simplement marcher devant la maison, peut-être serait-elle rassasiée, ce serait suffisant, elle aurait eu sa dose de lui, elle aurait vu la maison où il a grandi. C'était peut-être comme ça qu'elle allait enfin vraiment clore ce chapitre, cet amour inachevé, mais encore bien vivant. Mais elle ne pouvait faire cela, elle se sentait comme une traîtresse juste d'y penser. Antoine ne méritait pas ce châtiment, elle était mariée de corps, mais aussi d'esprit à Antoine, elle devait respecter ses vœux, ceux qu'elle avait déjà blasphémés des décennies auparavant.

Eugénie fit son entrée dans le mausolée Riverain au cimetière Côte-des-Neiges. La pluie torrentielle qui s'abattait sur Montréal avait obligé les célébrations à se tenir à l'intérieur, le dernier hommage à la matriarche Riverain se ferait dans le mausolée de la famille. Le prêtre était vieux et Eugénie le reconnut tout de suite. C'était le même prêtre qui avait baptisé sa première fille, un baptême qui avait pris place à Montréal à la demande de sa mère, une concession qu'Eugénie regretta pour toujours. Mais sa mère était comme Cheryl, elle avait voulu quitter l'île dès que leur père était décédé et elle ne comptait pas y remettre les pieds.

Cheryl enlaça sa sœur avec une chaleur qui surprit tout le monde, la famille élargie était convaincue que les deux sœurs devaient avoir vécu un conflit énorme puisqu'elles avaient arrêté de se fréquenter du jour au lendemain. Mais les deux sœurs n'avaient jamais arrêté de s'aimer, c'était le destin qui les forçait à rester à l'écart l'une de l'autre, un mal pour un bien. Du coin de l'œil, Eugénie aperçut Paul, cet adolescent aux bras trop longs et à la peau parsemée de boutons, et lança un regard désemparé à Cheryl, et en guise de réponse, celle-ci esquissa un demi-sourire empreint d'anxiété. Elle avait cédé aux supplications de son fils de l'amener aux obsèques de sa grand-mère, car même si Judith avait été une mère froide pour les deux sœurs Riverain, elle avait été une grand-mère gâteau pour le petit Paul. Elle en avait fait de lui une catin, un dieu sur terre, une poupée à pavaner dans les soupers les plus mondains, son Paul était l'amour de sa vie et donc Cheryl n'avait pas su refuser à son fils le droit de venir faire ses adieux à cette grand-mère qu'il avait adorée.

Eugénie pensait tomber dans les pommes. Le service commença à peine qu'elle fût en pleurs, des larmoiements sourds, comme une lamentation secrète et intérieure, mais qui était tellement violente que les larmes coulaient tout de même. Sa poitrine allait exploser, elle n'avait jamais eu mal ainsi, pas depuis que Philip avait arraché son cœur et l'avait emporté avec lui ce jour d'été après leur escapade à l'épicerie. Eugénie était persuadée de ne jamais revivre tant de chagrin de son vivant, mais à la simple vue de son fils, celui qu'elle avait conçu avec son amour illégal, elle avait perdu tous ses moyens. Elle le dévisageait du regard, lui ne savait même pas qui elle était. Il pensait probablement qu'elle était une cousine éloignée ou une amie de sa mère qu'il n'avait jamais rencontrée.

— Voici ta tante Eugénie.

— Tu as une sœur, maman ?

— Oui, ta mère avait bel et bien une vie avant toi, dit Cheryl d'un ton rigoleur.

Une réplique qui était tellement typique pour Cheryl qu'Eugénie ne put s'empêcher d'avoir un sourire en coin. Elle s'était tellement ennuyée de sa sœur chérie, sa meilleure alliée, celle qui avait tout plaqué et l'avait secourue ce jour où elle s'était présentée enceinte et déboussolée à sa porte.

— Enchantée, jeune homme, ta mère et moi habitons très loin l'une de l'autre, parfois la famille est appelée à passer de longs moments sans se voir, mais la famille c'est dans le cœur que ça se passe, quelles que soient les années et la distance.

— Okay…

Paul trouvait cette tante bien poétique et intense avec son visage complètement mouillé de larmes. Il ne comprenait pas vraiment ce qu'elle lui disait ou pourquoi, car du haut de ses seize ans, son dernier souci était le sort d'une vieille tante oubliée. L'ingratitude et l'adolescence faisaient un ravage chez le jeune Paul.

« Va rejoindre ton père au buffet, Paul. » Cheryl avait honte de la nonchalance de Paul, mais voilà qu'il était élevé dans un monde différent, en banlieue de Montréal, où les protocoles d'autrefois et où les mœurs de la vieille Europe avaient cédé la place à un modernisme et un individualisme des temps nouveaux. Les jeunes voulaient danser, s'éclater et se libérer. Le Québec était à l'aube de la Révolution tranquille.

— Je m'excuse, il a insisté pour venir.

— Ne t'en fais pas, je suis contente de l'avoir vu au moins une fois, une grande part de moi souhaitait qu'il soit là aujourd'hui et je vois qu'il est bien le fils de sa mère, effronté et indépendant de pensée, répondit Eugénie, un sourire se dessinant sur son visage encore humide.

— Tu sais que Maman avait apparemment liquidé la fortune de Papa et qu'il ne reste rien, seulement assez pour couvrir les funérailles et l'enterrement? La maison sera vendue en justice, elle a été surhypothéquée, Papa avait un problème de jeu et de vieilles dettes.

— Je m'en doutais, les vieilles familles sont toutes en train de changer de mode de vie, l'argent n'a plus la même valeur. Antoine a aussi failli tout perdre, mais par la grâce de Dieu il a sauvegardé le capital avec de nouveaux investissements.

— Scott aurait dû suivre les conseils de ton mari, il a tout misé dans le même panier et nous voilà sans le sou, des communs mortels… boulot, dodo.

— Tu sais, je te le répète, je peux te donner tout ce dont tu as besoin.

— Non, jamais. Nos chemins doivent rester séparés. Je construis une vie pour Paul, une vie différente, loin de la haute société que nous avons connue. Tout arrive pour une raison, je ne suis pas malheureuse.

Eugénie remarqua que la robe de sa sœur semblait venir d'un magasin à rayons bas de gamme, ses chaussures étaient usées. Les deux sœurs n'évoluaient plus dans la même classe sociale. La différence était marquante, mais Cheryl semblait vraiment heureuse, épanouie, peut-être même plus qu'Eugénie.

— Je vais quitter, je suis venue dire au revoir à maman et c'est fait.

— Oui, je comprends. C'est mieux ainsi. Nous avons pris la bonne décision il y a seize ans, Eugénie. Il est mon fils et je te jure que je l'aime plus que tout au monde.

— Je sais, je t'aime, ma sœur.

Et en quittant la salle de réception où les convives vêtus de noir se goinfraient de fromage en cubes et de jello bizarre en forme d'étoiles avec de la viande comme garniture, Eugénie lança un dernier regard vers Paul, qui au même moment se retourna et, pour un bref instant, soutint son regard. Eugénie crut imaginer qu'il avait peut-être réalisé qu'elle était sa mère, comme un espoir fou que la nature était si forte que Paul aurait senti cette filiation, mais c'était dans son imagination. Paul se retourna et continua à rigoler avec les autres enfants et adolescents qui étaient à la réception ; il était jeune et insouciant, aucunement perspicace comme Eugénie l'eut peut-être rêvé.

« 871 The Boulevard, please Sir. »

Une folie passagère, une psychose, c'est ce qui devait se tramer à l'intérieur d'Eugénie, parce que sans même y penser, elle entra dans le premier taxi à la sortie du cimetière et décida qu'elle voulait tout simplement marcher devant la maison de Philip, sans aucun autre but que de se flageller de plus belle, esclave de son cœur qui battait plus vite juste à être dans la même ville. La pluie avait cédé le passage à un soleil radieux, le début de l'été battait son plein à Montréal. La vue de Paul, cet enfant illégitime qu'elle avait conçu avec Philip, l'amour de sa vie, avait ravivé la flamme de désir qu'elle ressentait pour Philip.

Eugénie indiqua au taxi de la débarquer à quelques maisons de son adresse de destination, elle paya la note et sortie, encore un peu sonnée par l'odeur de cigarette qui émanait de cette voiture insalubre. Mais quel âge avait-elle pour faire des folies pareilles ? Qu'est-ce qu'elle croyait accomplir en faisant ce pèlerinage maudit à la maison de son amant de jeunesse ? Eugénie ne cessa de s'interroger et de se moquer d'elle-même, elle se détestait de passer à l'action ainsi, de n'avoir aucune emprise sur elle-même, comme si une tierce personne la contrôlait.

Les maisons de la rue *Boulevard* à Westmount étaient perchées sur le haut d'immenses escaliers de pierres, le style anglais et opulent du quartier était époustouflant, une voiture Jaguar, modèle 1950, rutilante, d'un vert forêt était stationnée à l'entrée de la maison de Philip.

Eugénie était figée dans le temps, elle revoyait la trame de son film d'amour avec Philip dans sa tête.

« *Madam, are you lost, is everything ok ?* »

Une femme de forte corpulence au sourire apaisant la dévisageait, elle portait un uniforme de servante noir et blanc et des collants opaques. Eugénie n'avait jamais demandé à ses domestiques de porter des costumes, trouvant le tout réducteur. Elle fut prise de court par la question de la dame.

— *No M'am, all is well.*

— *Okay then. Good day to you.*

Et la dame s'engagea alors dans l'allée de la maison, celle de Philip, et y pénétra par la porte du côté. Eugénie décida à ce moment-là de continuer son chemin, de peur que la servante n'alerte les occupants de la maison qu'une femme aux allures louches fixait leur maison depuis plusieurs minutes. Elle ne saurait pas quoi donner comme excuse.

De retour à sa chambre d'hôtel, Eugénie sirotait un *whiskey*, ses chaussures traînant sur le tapis, ses pieds meurtris par cette promenade anxiogène. Elle avait vu où avait grandi Philip, la gigantesque maison aux influences géorgiennes avec ses deux grosses colonnes blanches à l'entrée. Elle n'avait pas été aussi proche de Philip depuis si longtemps, depuis leur dernier moment de passion. Eugénie savait que la famille de Philip habitait toujours la même maison, car ces dynasties anglophones étaient peu enclines à laisser aller des titres de propriété, ayant construit leur fortune sur le « *holding* ».

La dernière fois que Philip avait vu Eugénie, elle était jeune, la peau bronzée par le soleil de juillet et son corps avait une forme bien plus attrayante que celui qu'arborait la dame aujourd'hui, mais elle était restée tout de même très jolie. Ses cheveux de lionne étaient encore bien présents, domptés sous les couches de *spray-net*. Malgré son âge plus avancé, elle dégageait tout autant de charisme naturel. Vieillir lui allait bien.

Le téléphone de la chambre se mit à sonner.

— *Madam, a man is here for you.*

— *A man, what's his name ?*

— *Philip, he refused to give a last name.*

Eugénie échappa le combiné, le sang dans ses veines s'était cimenté, sa bouche ne fermait plus, la motricité de son être entier avait cessé de fonctionner. Elle était envahie d'un sentiment de jouissance intérieure impossible à décrire, mais aussi d'une peur incroyable, d'un malaise ignoble. Comment Philip avait-il su qu'elle était à Montréal, au Fairmont qui plus est ? Elle était troublée.

Ses mains qui commençaient à montrer des signes d'âge tremblaient sous autant d'émotions. Elle avait raccroché la ligne au nez du pauvre réceptionniste, trop confuse pour répondre vocalement à cette annonce. Philip, Philip, Philip… mais qu'est-ce qu'il faisait ici ? Peut-être que c'était un autre Philip, un ami de son mari qui avait su qu'elle était en ville, une connaissance ayant le même nom et dont elle ne se souvenait pas de l'existence ? Peut-être l'avait-il aperçue dans le lobby de l'hôtel et avait-il voulu la saluer ?

Tel un robot sur le pilote automatique, Eugénie quitta sa chambre en direction du lobby de l'hôtel.

Mais ce n'était pas un autre Philip, non, c'était bel et bien son Philip à elle. Il était assis au bar de l'hôtel, dans la salle des grands palmiers du Fairmont, décorée d'un style qui mariait le moderne et l'opulence du vieil Hollywood. Les bars étaient tout de miroirs, l'or coulait de partout et le chrome était omniprésent, presque aveuglant, de grandes plantes vertes ressemblant à des palmiers formaient un genre d'alcôve au-dessus des tables du restaurant. Philip n'avait pas beaucoup changé, des rides ici et là, un ventre un peu plus rond, une moustache au lieu du visage lisse qu'elle avait connu.

— Bonjour…

— Je, eh, je

Il n'était pas capable de parler. Les deux anciens amoureux se regardaient, la bouche ouverte, cherchant à comprendre ce qu'ils voyaient chacun de leur côté, le regard hagard, leur poitrine remplie de ce sentiment qu'ils avaient ressenti des années auparavant à leur rencontre. Eugénie et Philip avaient une chimie qui ne connaissait pas le temps, la distance ni les mondes, une chimie aux allures de prophétie. Lorsqu'ils étaient dans la même pièce, le monde s'arrêtait.

— Comment… pourquoi es-tu ici ?

— Notre servante à la maison m'a informé d'une femme aux cheveux roux qui observait la maison, et me disant que les habitudes ne changent pas, j'ai téléphoné ici au Fairmont, me doutant bien que c'était toi et que tu aurais réservé au même hôtel, même des années plus tard. Et pourquoi suis-je ici ? La question devrait plutôt être, comment pourrais-je ne pas être ici ?

— Je dois quitter.

Eugénie remonta le grand escalier qui menait au bar vers les ascenseurs, d'un pas décidé, les yeux embrouillés. Jamais elle ne referait une telle entaille à ses vœux envers Antoine, cet homme si bon et aimant avec qui elle avait construit une vie des plus belles.

« Attends, Eugénie ! »

C'est ce même mot que Philip avait prononcé plus de quinze ans auparavant quand il l'avait convaincue de le rejoindre dans la petite épicerie du village. Ces mots avaient un effet chamanique sur Eugénie, une prière dans le temple de leur amour.

Philip entra dans le même ascenseur qu'Eugénie. Ils étaient seuls. Ils ne dirent aucun mot, trop pris par les émotions.

Philip suivit Eugénie jusqu'à sa chambre, comme un félin talonnant sa proie. Il contempla pendant de longues minutes la femme qu'il n'avait jamais oubliée. Eugénie remarqua qu'il portait lui aussi une bague de mariage, il était maintenant dans le même bateau qu'elle, marié et probablement en famille, ce qui voulait dire qu'elle ne faisait pas de mal seulement à Antoine, mais aussi à une autre femme. Philip était toujours aussi beau, son eau de Cologne radiait dans la chambre, il avait chaud et semblait essoufflé.

Philip s'avança tout près d'Eugénie, planta ses yeux directement dans les siens. Leur respiration était haletante, le désir à son paroxysme. Et comme un canon qui détonne, Philip s'empara de la taille d'Eugénie et se mit à l'embrasser passionnément. Des larmes coulaient sur le visage d'Eugénie, non par peur ni dégoût, mais par exaltation. Elle pleurait, car elle n'avait pas été en vie depuis leur dernier baiser. Tout le corps d'Eugénie tremblait au toucher de Philip. Seulement avec Philip connaissait-elle ce sentiment de joie, d'extase. Les firmaments explosaient dans sa pensée, des couleurs jaillissaient partout dans la pièce, Dieu lui-même était présent pour ce spectacle amoureux. Philip se mit à découvrir le corps d'Eugénie, changé par les années, un peu moins ferme, mais plus gourmand, plus envoûtant ; il faisait preuve de plus d'assurance et Eugénie remarqua qu'il avait plus de poils sur la poitrine. Les deux redécouvraient ces corps qu'ils avaient tant visités des années auparavant, durant cet été d'amour volé au début de la trentaine.

— Je t'aime, je t'aime, je n'ai jamais arrêté de t'aimer.
— Tais-toi et fais-moi l'amour, Philip.

Eugénie et Philip n'étaient pas tombés en amour à cause de grandes discussions philosophiques ou à force de se côtoyer, au fil du temps, ou par des intérêts communs, non leur amour était physique, passionnel, incompréhensible, comme si leurs âmes se connaissaient déjà. Leur corps faisant l'amour à l'unisson, leur histoire était écrite dans le ciel, comme une prophétie à laquelle on ne peut échapper. Ils se buvaient l'un et l'autre, s'abreuvaient de la lumière de l'autre, une passion qui faisait trembler la terre sous leur pied.

Les deux infidèles restèrent collés l'un contre l'autre durant de longues heures dans le grand lit blanc de la chambre d'Eugénie, un parfum d'amour charnel flottait dans l'air, leur corps épuisé, mais leur conscience excitée au maximum, éveillée comme jamais. Eugénie brisa le silence et annonça à Philip qu'il était père. Il sanglota doucement. Eugénie était peu habituée à voir un homme pleurer ; son mari Antoine, ou même son père n'avaient jamais versé une larme. Elle trouvait cette démonstration de vulnérabilité incroyablement charmante et attirante.

Philip était un homme de cœur, passionné par l'amour. Il rassura Eugénie qu'il ne lui en voulait pas, que lui aussi avait fondé une famille et qu'il lui faisait confiance que Cheryl allait s'occuper de leur fils illégitime de la meilleure façon qui soit. Malgré la raison qui dictait que c'était le meilleur des choix pour tous, les deux amants s'endormirent en pleurant dans les bras de l'un et de l'autre.

Ils pleuraient sans fin pour un amour impossible, mais aussi pour cette autre famille, ils étaient parents, leur amour avait créé la vie, mais jamais ils ne pourront goûter à cette vie à deux, à trois avec Paul. Les deux victimes de cette passion impossible savaient très bien que la meilleure des choses était de retourner chacun à leur vie respective, et savourer chaque instant avant ce retour à la réalité, chaque instant qu'ils avaient ensemble ce soir, parce qu'ils savaient tous les deux que c'était probablement la dernière fois qu'ils se verraient, se toucheraient.

Au petit matin, Eugénie quitta la chambre, Philip dormait encore. Elle posa un baiser sur sa joue, les larmes lui montant aux yeux, des larmes qu'elle ravala, car si elle voulait survivre à ce désert affectif qu'allait maintenant être sa vie, un désert sans source d'eau, sans Philip, elle devait immédiatement jouer son personnage, retourner en mode théâtre. Et puis, Eugénie aimait ses enfants, son mari Antoine, elle aurait assez d'amour au fil du temps pour être comblée et oublier Philip, enfin peut-être ne pas l'oublier, mais le ranger dans un compartiment dans sa tête où elle pourrait se libérer momentanément de son désir pour lui.

Dans le train sur le chemin du retour vers Québec, Eugénie souriait de béatitude en voyant les paysages défiler devant elle. Elle n'allait peut-être jamais revoir Philip, mais elle avait eu la chance de le revoir une dernière fois et de lui avouer qu'ils avaient eu un enfant, un secret qu'elle avait voulu partager avec lui depuis toujours afin d'alléger sa conscience. La réaction de Philip, la louangeant pour la façon dont elle avait géré la situation, effaçait tellement de sa tristesse, de son amertume. Philip allait toujours vivre en elle, son amour perdu, leurs moments volés, leurs baisers ravageurs, cette chimie indescriptible. Eugénie se consolait en se disant qu'au moins elle aura vécu, connu l'amour, la passion, sous toutes ses formes, et qu'au final, elle aura offert le cadeau de la maternité à sa sœur.

Juste avant l'arrivée du train à la gare de Québec, Eugénie dit un dernier au revoir spirituel à Philip, son cher Philip, elle devait enterrer ces derniers jours au plus profond de sa pensée.

Et de la chambre d'hôtel où Philip venait de se réveiller, lui aussi faisait ses adieux à cet amour pour Eugénie, le poing serré sur ses cuisses, le cœur qui battait fort. Il enfila ses pantalons et ajusta sa chemise, il se dit qu'au moment où il passerait le cadre de la porte de la chambre, il devrait agir comme si rien de tout cela n'avait existé. Au revoir à son Eugénie, son âme sœur peut-être se rencontreront-ils dans une autre vie, un autre monde, une autre galaxie lointaine.

Antoine était venu chercher Eugénie à la gare de Québec et il la trouvait bien silencieuse. Au moment où la voiture s'engageait sur le pont de l'Île d'Orléans, Eugénie versa une larme, une seule larme, et elle mit sa main sur le bras d'Antoine, un rare moment de vulnérabilité qu'Antoine accueillit avec amour et bonheur. Il mettait l'émotivité d'Eugénie sur le compte du décès de sa mère.

Eugénie se sentait déjà en guérison du nouvel affront à son cœur qu'elle venait de vivre, le brouillard qui enveloppait son île était porteur de meilleurs jours, les marées la rendraient complète, les effluves des forêts de son village lui redonneraient le sourire, l'île guérisseuse effectuerait son travail. Elle était arrivée à bon port.

L'île, son île, saura comment sauver le cœur d'Eugénie, une fois de plus.

11 – L'ATTRAIT D'UN MAL CONNU

Septembre s'installait tout doucement sur Sainte-Pétronille, la moitié des arbres commençait à arborer ses plus belles couleurs d'automne. Les conifères semblaient leur promettre de s'occuper de la forêt l'hiver durant, prendre le relais, et les écureuils et différentes bestioles s'activaient un peu partout afin de se préparer pour l'hiver, cette glaciale maîtresse de qui on voudrait bien se passer, mais qui en même temps nous exalte par sa beauté froide et bleutée.

Le fleuve était plus froid, les marées plus basses, et on pouvait apercevoir à tous les coins de rue des habitants du village qui commençaient déjà à préparer leur terrain pour l'hiver, certains taillaient leurs arbustes, d'autres protégeaient leur jardin, recouvrant la gloire d'une saison estivale des plus fleuries. Les abeilles cherchaient leur refuge d'hiver, on les entendait bourdonner en quête d'un vieux tronc d'arbre ou un dessous de galerie. Céleste, elle, commençait vraiment à oublier sa peine pour Pierre. Elle et Bruno filaient le parfait amour, un amour récent et où tout est encore à découvrir, ce bonheur du début quand même les laideurs de l'autre se dessinent en arc-en-ciel.

Céleste s'empressa d'aller chercher les cafés habituels du samedi matin au petit café Gotham à l'entrée du village, un périple qu'elle faisait souvent à pied, mais ce matin, les jambes lourdes des rénovations de la semaine dernière l'avaient poussée à prendre la voiture pour se rendre au petit café, un vrai sacrilège pour cette Montréalaise se targuant d'être piétonne avant tout.

Le café Gotham était sa plus belle découverte de l'île, il y avait des produits qui lui rappelaient la ville, les métropoles du monde, des cafés au lait d'avoine, des biscuits véganes, du café en grain torréfié juste à point suivant le savoir des grandes villes. Céleste n'était pas végane, et n'affectionnait pas particulièrement le lait d'avoine, mais le simple fait de pouvoir se retrouver dans un endroit avec une conscience similaire à la sienne, des goûts qu'elle avait connus à Montréal, un décor moderne, mais rustique, un peu comme on aurait retrouvé dans un petit café de la rue Masson dans son Montréal d'origine, tout cela lui donnait le sourire, comme un nouvel arrivant qui aurait trouvé une trace de son pays d'origine à même sa nouvelle terre d'accueil. Même si Céleste adorait l'île et commençait de plus en plus à s'y encrer, ses amis, sa vie, la ville, lui manquaient, mais tout était épongé, la mélancolie vite oubliée, dans les bras de son beau Bruno.

«Un cortado au lait de vache, svp, pour emporter et un

cappuccino. »

Céleste attendait son café quand elle reçut un message texte de la part de Judy.

— Je peux venir passer quelques jours avec toi à l'île ? Tes rénos sont terminées, non ? Est-ce qu'on peut enfin venir te voir et s'assurer que tu es toujours en vie et pas seulement un robot mis à la place de Céleste par des extraterrestres qui t'auraient enlevée ? Et puis, tu me parles de Bruno chaque jour, je veux le rencontrer. Ça me ferait du bien avant mon opération… xoxo.

— Okay ! Les rénovations sont terminées à 99 %, donc je t'invite ma Jud, mi casa es tu casa !

— Parfait, enfin ! Tu sais quoi ? JE PARS LIVE !

— Je t'aime.

Céleste ne pouvait s'empêcher de sourire, la visite de Judy la rendait si heureuse, bien plus que celle de ses parents qui viendraient assez vite dès qu'ils sauraient que les rénovations étaient terminées. Ils l'avaient suppliée de les laisser l'aider, mais Céleste avait trouvé une multitude d'excuses pour éviter leur visite. Elle adorait ses parents, mais avec les montagnes russes émotionnelles qu'elle traversait, elle n'avait tout simplement pas envie de les recevoir pour le moment. Judy, ce n'était pas pareil, elles étaient des sœurs siamoises, c'était toujours un plaisir de passer du temps ensemble, peu importe l'état émotionnel de l'une ou de l'autre.

Bruno l'attendait dehors devant de la villa, il finissait de peinturer la rampe d'escalier qui menait à la galerie, celle qui faisait le tour de la maison. Il était du genre à se réveiller à l'aube et à travailler douze heures par jour. Un homme d'un temps révolu, pensa Céleste. Celle qui avait toujours trouvé le qualificatif de « travaillant » abject et empreint d'un lavage de cerveau à la sauce capitaliste ne pouvait s'empêcher de trouver Bruno attirant lorsqu'il travaillait des heures à rénover cette maison qui était doucement en train de guérir Céleste.

« J'ai ton cappuccino, mon bel entrepreneur »

Bruno n'avait pas souvent vu ce côté séducteur et taquin de Céleste. Cela ravivait instantanément son attirance pour la femme qui occupait toutes ses pensées, jour et nuit. Si Céleste connaissait un départ amoureux plus lent avec Bruno, de son côté à lui, il était déjà éperdument amoureux d'elle, sa blessure et son deuil étant beaucoup plus vieux, son cœur était plus que prêt à aimer une femme envoûtante comme Céleste. Il l'aimait, sa « viking » des temps modernes, comme il se plaisait à l'appeler. Céleste avait détesté ce surnom au début, elle qui avait toujours voulu changer de corps, ayant la fausse croyance que des bras maigres en forme de spaghetti et des cuisses filiformes allaient lui apporter un bonheur sans fin, mais elle commençait à trouver cela très charmant, le fait que pour Bruno, ses courbes et sa disposition plus imposante étaient sexy.

Céleste commençait même à se regarder dans le miroir et se trouver vraiment jolie. Elle en avait parlé à Judy et, bien qu'heureuse pour son amie, Judy lui avait rappelé que l'amour de soi ne devrait pas venir du regard d'un homme, que Céleste était belle depuis toujours et que l'estime de soi venait de sa propre personne et qu'aucune femme ne devrait se construire à travers l'opinion des hommes. Judy avait toujours été la plus forte des deux et crachait la vérité comme on crache du tabac, rapidement et sans même y penser. Céleste était bien d'accord avec tout ce que Judy lui avait expliqué, des croyances que les deux sœurs de cœur avaient forgées au gré du mouvement féministe qui avait été ravivé ces dernières années, mais voilà qu'au fond d'elle-même, Céleste était humaine et imparfaite, la somme de ses expériences et traumas. Elle ne pouvait s'empêcher de trouver le regard que Bruno posait sur elle des plus guérisseurs, comme si d'un seul baiser il effaçait toutes les années d'adolescence à souhaiter être toute petite au lieu de la plus grande de la classe.

— Ma meilleure amie Judy va venir passer quelques jours, voire une semaine, ici. Tu as envie de la rencontrer ?

— Ben oui ! Tu l'sais, ma famille est en Italie et j'ai pas trop d'amis proches ici au Québec, donc une amie de plus sera la bienvenue. J'ai toujours été habitué à avoir la maison pleine d'amis de mes parents, en Italie on vit beaucoup plus en communauté qu'ici, donc avec moi, ne te retiens jamais pour inviter tes amis, ils sont les miens aussi. La *familia*, c'est la vie !

Quel homme d'une classe et d'une gentillesse hors du commun, Céleste se demanda ce qu'elle fait à la vie pour avoir mis cet étalon au cœur tendre sur son chemin…

« Je vais passer les prochains jours chez moi par contre, tu m'inviteras quand tu voudras me présenter Judy, comme ça vous aurez les prochains jours entre filles ! Pis je pense que Sybelle doit s'ennuyer de moi, c'est elle la femme de ma vie, tsé ! »

Sybelle était la vieille chatte de ferme que Bruno avait adoptée au fil du temps et il en parlait constamment, ce que Céleste trouvait charmant. Bruno passait le plus clair de son temps chez elle, la vie de l'un s'était imbriquée dans la vie de l'autre si naturellement, pas de questionnements sans fin ni de jeux de séduction trompeurs. Les deux tourtereaux étaient tout simplement bien l'un avec l'autre, un jeu de *dating* que Céleste n'avait jamais encore connu, étant habituée à son Pierre et, avant lui, à de nombreuses rencontres infortuites avec des idiots de Montréal.

Céleste n'avait pas mentionné à Bruno que Judy venait la visiter pour relaxer avant sa grande opération, il n'appartenait pas à Céleste d'expliquer le tout à Bruno, ce n'était pas de ses affaires. Si Judy se rapprochait de Bruno et qu'elle décidait de lui confier ce pan de son histoire personnelle, alors tant mieux, sinon Bruno n'avait rien à dire ou à savoir.

Bruno rentra chez lui en fin de matinée pour aller nourrir sa vieille chatte et laisser les deux amies se retrouver en paix, entre filles, sans homme dans les alentours qui ne comprendront jamais de toute manière ce qu'était réellement l'amitié entre femmes, un cadeau si précieux de la vie. Des liens qui se tissent au fil des ans dans une société hostile à tout ce qui n'est pas approuvé par l'homme, le maître ultime du malheur de tous. L'amitié entre femmes était depuis toujours un bouclier contre le patriarcat qui, bien que presque disparu depuis la fin de l'emprise de l'église catholique sur la société québécoise, restait tout de même dans l'air, tel un renard sournois prêt à sauter sur sa proie.

Au son de la cloche de l'église du village, à midi tapant, la mini Cooper couleur guimauve et décapotable de la belle Judy venait de se stationner devant la villa Riverain. Judy était vêtue d'un foulard Hermès qui complémentait le blond platine de sa chevelue de mannequin, son corps digne de plus belles actrices américaines était vêtu d'une robe de coton blanc et d'un petit veston de cuir. Même s'il faisait beau, l'air était croquant à la mi-septembre à l'île et Céleste avait bien prévenu Judy de ne pas s'imaginer pouvoir se pavaner dans ses ensembles d'été ici au village, car le climat était beaucoup plus froid et sec que la jungle humide de ciment à laquelle Judy était habituée.

Céleste s'élança dehors pour aller accueillir sa grande amie, comme un enfant voyant sa mère à la sortie de la garderie.

— Ma belle amie, je me suis tant ennuyé de toi ! Deux mois, on ne refait plus jamais ça, *got it* ?

— Oui, c'est exceptionnel, ce sont les rénovations qui m'ont pris tout mon temps.

— Ah oui, et ton beau Bruno aussi je paris !

Elles s'esclaffèrent. Les deux alliées pouvaient éclater de rire à tout moment et sous n'importe quel prétexte, donnant parfois l'impression qu'elles étaient sous l'effet d'une drogue quelconque.

Céleste offrit une visite du terrain et de l'extérieur de la villa à Judy. La jolie blonde était absolument enchantée par les lieux et ne cessait de complimenter la beauté magistrale de la maison et des jardins, ce qui avait surtout attiré son regard était le magnifique jardin aquatique où les convives pouvaient s'asseoir et regarder la beauté ancestrale de la villa Riverain. De derrière, il était possible d'apercevoir les vignes qui grimpaient sur la grosse cheminée de briques brunes, un contraste décadent avec le bois blanc de la villa. Le toit mansardé en métal noir reluisait de ses plus beaux jours, fraîchement peint par la nouvelle conquête de Céleste.

— Je comprends maintenant pourquoi tu me dis ne pas vraiment vouloir remettre les pieds à Montréal. Tu es au paradis, je me croirais dans un film tourné dans les manoirs du *Rhode Island*, c'est absolument incroyable cette beauté luxuriante.

— Je sais, j'ai l'impression que j'ai toujours habité ici, je veux te montrer quelque chose, suis-moi ma chérie.

— Céleste agrippa le bras de Judy et marcha avec elle jusqu'au petit sapin bleu qui avait été planté par Eugénie pour commémorer la vie de Thomas.

— Tu sais que c'est ma grand-tante Eugénie qui m'a légué la maison, car mes cousines n'ont pas vraiment d'intérêt à reprendre le flambeau de la villa, et bien j'ai reçu une lettre écrite à la main par matante Eugénie. Elle l'aurait écrite quelques jours avant sa mort et dans la lettre, elle m'explique plein de mystères de sa vie et le pourquoi j'ai hérité de la maison, mais elle mentionne aussi qu'elle avait planté ce petit sapin au moment de la mort de Thomas, une sorte de…

Céleste ne put finir sa phrase, la boule d'émotions dans sa gorge avait gagné la bataille et elle se mit à sangloter tout doucement. La proximité avec Judy contribuait à son élan émotionnel, comme si son âme se sentait en sécurité à côté de cette âme sœur, comme si la vulnérabilité était maintenant permise.

« Mon amour, ma Céleste, je n'ai jamais rencontré ton Thomas, mais je suis certaine qu'il est ici avec toi, on sent sa présence, et ce petit sapin d'un bleu détonne tellement du reste de la végétation avoisinante que ce n'est pas un hasard, ta grand-tante t'a fait un beau cadeau. On dirait que je sens Thomas avec nous. »

Judy prit Céleste dans ses bras, le temps de la consoler, comme un petit oiseau tombé du nid. Judy avait toujours été la force tranquille, mais solide du duo, c'était elle qui mettait sa peine d'amour de côté pour aller consoler Céleste quand elle-même vivait une de ces nombreuses ruptures qu'on connaît dans la vingtaine. Elle était un roc, probablement une résilience apprise jeune, car décider de vivre sa vie, son destin, et montrer au grand jour la personne que nous sommes dans cette société qui nous emprisonne dans des convenances douloureuses, cela prenait certainement un courage redoutable.

Céleste et Judy burent un verre de vin, puis un deuxième, puis un troisième, assises sur une couverture sous le grand orme déformé devant la villa, d'où on pouvait voir entre les arbustes fournis le fleuve, comme un protecteur discret, un shaman des nuits d'été. Les confidences coulaient à flots, Céleste déballait son sac sur le reste des informations que matante Eugénie lui avait confiées dans la missive livrée par Anne-Lise, et Judy de son côté écoutait avec une grande admiration cette nouvelle vie remplie d'aventure et de mystère dans laquelle sa meilleure amie s'était plongée.

Céleste, elle, écoutait les doléances de Judy, sa crainte de l'opération, son sentiment de traitrise envers le mouvement trans, comme si décider de procéder à cette opération finale venait discréditer toutes ses années où elle avait fait de sa mission la déconstruction du genre, et la séparation du génital du mental. Mais Céleste la rassura que la seule chose qui importait, c'était que Judy fasse les choix qui s'imposaient pour continuer à tirer du bonheur de sa vie, et que si ça passait par un changement de sexe au niveau biologique et génital, alors que c'était le chemin à emprunter. Judy était née femme, mais dans un corps biologiquement mâle. Ce n'était pas son choix, pourquoi devrait-elle vivre une vie de misère à se détester alors qu'il existait des solutions ?

Judy, malgré sa bataille avec le genre et la société qui l'entouraient, avait vécu une vie empreinte d'amour, car ses parents étaient acceptants. Les gens dans la rue ne la dévisageaient pas, elle avait déjà l'air d'une femme et cela lui procurait le privilège d'être en sécurité puisque ces transphobes dangereux ne pouvaient déceler le passage par lequel Judy avait dû passer avant de devenir… Judy.

Judy avait été en amour plusieurs fois et avait une carrière d'animatrice à la radio. Elle n'était pas le cliché de la femme trans vivant un enfer au quotidien ; sa vie était belle et remplie de soleil, comme quoi le bonheur choisit les gens au hasard, peu importe leur chemin de croix, car un chemin de croix, tout le monde en avait un, et ça Céleste l'avait compris encore plus en lisant la lettre d'Eugénie.

— Donc c'est ta grand-mère et tes cousines, ce sont tes cousines directes… wow ! Tu vas le dire à tes parents, ton père ?

— Oui, en temps et lieu, mais je ne suis pas prête, tu sais depuis que mon père a eu ses ennuis de santé, son cœur, l'an passé, il est plus fragile et je crains que ce choc ne nuise à sa santé ou, pire, qu'il lui fasse faire une autre crise cardiaque.

— Je sais, mais il a le droit de savoir, Cél, ça change tout.

— Oui, tu as raison.

Les deux folles finirent leur verre de vin et au moment d'emballer les cochonneries qu'elles avaient dévorées, un vrombissement se fit entendre dans le stationnement derrière le grand orme déformé. Céleste eut le réflexe de penser que cela devait être Bruno, mais elle n'eut même pas le temps de se retourner pour voir qui était arrivé qu'elle entendit Judy sacrer, « *Fuck* ». Sa poitrine faisait un bond, son intuition féminine en alerte maximale, elle savait que c'était Pierre, comme si le brouillard de malheur qui flottait en permanence au-dessus de sa tête était tellement dense que Céleste savait qu'il était proche.

« Bonjour mesdames. Judy, content de te voir. »

Judy ne sourit même pas, elle le regarda avec un dédain notoire comme si elle venait de faire un face-à-face avec un tueur en série, un Ted Bundy à détester par solidarité féminine. Céleste fit signe à Judy de rentrer.

— Qu'est-ce que tu fais ici ? Comment as-tu eu cette adresse ?

— Les papiers de séparation, ta nouvelle adresse y est inscrite.

— Okay et tu veux quoi au juste à arriver ici sans t'annoncer ?

— Cél, j'ai essayé de te contacter depuis des semaines, voire des mois. Tu ne réponds à aucun de mes messages, aucun de mes courriels ni appels. J'ai même appelé tes parents et ils me disent qu'eux aussi ils ont de la difficulté à te parler.

Les traîtres, pensa Céleste.

— Je ne veux pas te parler, on n'a rien à se dire, la séparation est finale et le divorce en chemin, tu es hors de ma vie, Pierre, pour de bon.

Pierre avait les yeux embués de chagrin, Céleste ne put s'empêcher de le trouver beau, son Pierre *jet set*. Il était si bien habillé, une chemise blanche et un petit manteau de suède brun, des jeans à la mode taillés sur ses cuisses musclées ; il ne portait pas de bas dans ses souliers Sperry pour bateau, un look à la mode, il était empreint d'une « coolitude » naturelle. Son *Range Rover* d'un noir métallique complémentait son apparence de célébrité. Céleste avait tant aimé Pierre, elle avait passé sept ans de sa vie à courir après, à espérer l'amadouer une fois pour toutes, car même marié, Pierre n'avait jamais vraiment tout donné à Céleste.

Il était réservé, mystérieux, menteur, et beau ; une combinaison dangereuse. Il était du genre à ignorer ses appels, mais à lui faire la surprise d'un week-end à Rome, à oublier sa fête, mais le lendemain à lui acheter une escapade en bateau. Il était un truand, mais il savait jouer le cœur des femmes. Céleste ressentait une familiarité avec Pierre, il avait été son monde entier durant tant d'années. La haine et le mépris ne peuvent effacer l'amour d'un seul trait, seulement le temps et un amour nouveau peuvent vraiment effacer un amour du passé. Céleste était entre les deux mondes, remplie de haine envers Pierre, en train de tomber en amour avec Bruno, mais encore en amour avec Pierre. Tout son être le regardait et voyait sa famille, sa vie, sa sécurité, mais aussi son malheur, la blessure de la tromperie, les mensonges, le saccage de son estime de soi.

— Va-t-en Pierre, je n'ai aucune idée ce que tu fais ici, mais si c'est de l'argent que tu veux, les avocats se chargent du dossier de séparation, et de toute manière, je t'ai tout laissé : le condo, les meubles,…

— Arrête de jouer à la victime, Cél.

— Je suis la victime, tu m'as menti, trompée et tu as même fait un enfant à une autre.

— Tu sais très bien au fond de toi que si je t'ai trompée, c'est parce que notre relation battait de l'aile, notre amour était en fin de vie, sur le respirateur artificiel et que tu nous avais abandonnés.

— Pardon, tu es complètement cinglé de penser comme ça.

— Non, j'ai parfaitement raison et tu le sais. On ne trompe pas sa femme quand on file le parfait bonheur, ce que je n'ai pas pu avoir avec toi, je suis allé le chercher ailleurs.

— Et c'est quoi ? Car moi je t'ai tout donné.

— Tu ne m'as jamais fait sentir comme un homme, ton homme, et Lucia, elle, m'a fait sentir comme un homme dès le premier regard.

Le cœur de Céleste voulait exploser, elle voulait prendre une des grosses pierres qui allaient servir de pas japonais à l'arrière de la verrière et assommer cette crapule. Mais Pierre avait réussi à semer le doute, comme pendant les soirées du mois de mai et juin, dans la petite chambre d'amie de Judy, quand elle écoutait *Pour que tu m'aimes encore* en boucle en s'accusant d'avoir conduit Pierre à la tromper, qu'elle n'avait pas su être sa femme. La raison, la logique, Céleste savait que cela ne faisait aucun sens, mais ses insécurités, les démons qu'elle avait toujours eus en elle depuis son enfance, lui susurraient des prières diaboliques.

— Alors retourne voir Lucia, que fais-tu ici ? Vas-tu me dire une fois pour toutes ce que tu fous ici ?

— Céleste avait haussé le ton, exaspérée par la tournure des événements. Elle était en sueur, le souffle haletant, les émotions qui jouaient une symphonie chaotique en elle.

— Lucia c'est fini, elle a perdu le bébé, et c'est mieux ainsi, car je ne l'ai jamais aimée Cél, c'est toi que j'ai toujours aimée. Je suis prêt à tout, faisons un enfant, achetons la maison avec le grand terrain de pelouse que tu as toujours voulue, on a tellement d'années ensemble, on ne peut pas jeter le tout par la fenêtre. Mon père a aussi eu une maîtresse et ma mère lui a pardonné.

— Je ne sais pas si c'est typiquement français ce comportement d'homme macho et de la femme qui pardonne tout pour le bien de la famille, mais je ne te pardonnerai jamais.

— Je peux voir que tu as envie d'être avec moi, tu peux dire que tu veux que je déguerpisse, que je fiche le camp, que tu me détestes, je vois dans tes yeux que tu m'aimes encore. Tu sais très bien que je ne t'ai pas trompée par haine envers notre amour, mais parce que notre couple était malade.

— Okay, mais moi je ne t'ai pas trompé ? J'ai même proposé la thérapie de couple et tu as dit non.

— Je dis oui, maintenant, je dis oui à toutes tes conditions, Cél.

Pierre était un beau parleur. Céleste essayait de ne pas donner raison au désir qui commençait à se faire sentir dans son cœur, la pensée que peut-être elle pourrait revenir avec Pierre, fonder une famille. Il disait vouloir lui donner tout ce qu'elle n'avait jamais eu.

— Et en passant, avec Lucia, ça m'a confirmé que tu es la bonne pour moi, la mère de mes enfants.

C'était un coup en bas de la ceinture, le genre de coup qu'on assène dans un combat de boxe et pour lequel on est disqualifié immédiatement. Pierre disait maintenant tout ce que Céleste avait toujours voulu entendre, et peut-être qu'il avait raison, peut-être qu'elle avait poussé son mari à commettre ces actes répréhensibles ? Et puis Bruno, qu'adviendrait-il de leur amour nouveau, des papillons que Céleste ressentait au fond de son ventre chaque fois qu'il l'embrassait, et si Bruno était l'homme pour elle et Pierre seulement un mauvais détour ? Ou peut-être était-ce le contraire, Bruno un détour, Lucia un détour, et le conte de fées rêvé avec Pierre ?

Céleste avait développé des sentiments forts pour Bruno au cours des dernières semaines, mais elle ne savait pas si elle avait eu le temps de vraiment tomber en amour avec lui. C'était récent et elle le trouvait un peu trop facile et aimant, comme si dans la tête de Céleste, l'amour ne pouvait pas être un long fleuve tranquille, comme si l'amour venait seulement avec des tempêtes, en criant à tue-tête.

Elle souffrait de ce syndrome dont tellement de gens souffrent, la pensée erronée que l'amour devait faire un peu mal, devait nous serrer le cœur, nous rendre jaloux et possessifs, faire de nous des esclaves de l'autre, des obsessifs affamés de l'autre. Bruno était tout le contraire, l'amour qu'il avait pour Céleste était nouveau, mais durable, véritable, ensoleillé et peu compliqué. Céleste en venait à douter que ce qu'elle ressentait avec Bruno était vraiment de l'amour, tant elle se surprenait à penser être complètement en amour avec lui un instant, surtout durant leurs ébats nocturnes, mais dès le lendemain au petit déjeuner, elle le regardait et se disait qu'elle ne l'aimait pas, car elle ne ressentait aucune anxiété, aucune jalousie ni désir de contrôler sa vie, elle ne craignait pas qu'il parle à une autre.

En fait elle s'en fichait de qui il côtoyait, comme si l'énergie que Bruno dégageait était rassurante, infiniment masculine, divinement bonne. Céleste interprétait ce manque d'anxiété comme un manque d'amour, celle qui avait vécu les pires hauts et bas émotionnels durant son mariage avec Pierre, un homme qu'elle avait toujours dû conquérir et reconquérir, car elle n'était jamais assez bonne pour lui. Peut-être qu'au fond son vrai amour, c'était Pierre ? Il l'enrageait et la faisait sortir de ses gonds, surtout aujourd'hui, mais voilà qu'il venait de lui proposer tout ce qu'elle avait toujours voulu et qu'en plus, il avait dit ce qu'elle rêvait d'entendre secrètement depuis des mois : qu'elle était meilleure que l'autre.

— S'il te plaît, va-t'en, Judy vient d'arriver en visite et je ne veux pas passer mon après-midi à me chicaner avec toi.

— J'ai réservé cette nuit à l'auberge du quai au village ici.

Céleste ne put soutenir le regard supplicateur de Pierre et rebroussa chemin vers la grande porte d'entrée de la villa, le cœur piétiné et les idées complètement en désordre. Dans le petit vestibule à l'entrée de la villa, Céleste s'effondra par terre, aucun sanglot, aucune larme, son cœur prenait une pause, elle était comme un zombie. Elle aperçut le manteau de Bruno accroché sur les petits crochets de laiton doré qu'il avait installés pour elle, son manteau de jeans, un peu sale et tellement pas à la mode, une coupe en carré sans aucune attention au détail, mais ce manteau la réconfortait, la simple vue de cet artéfact la poussa à décrocher le manteau et à s'en faire une couverture.

« Cél, mais qu'est-ce que tu fais par terre avec ce vieux manteau sale ? Est-ce qu'il est parti, le connard ? En fait, oui je sais qu'il a quitté, car je vous espionnais de la fenêtre du parloir. Qu'est-ce qu'il voulait ? Il veut revenir avec toi, c'est ça ? »

Céleste fut surprise par tant de perspicacité de la part de Judy, comment avait-elle pu déduire qu'il était venu essayer de la reconquérir.

— Pourquoi tu dis ça ?

— Ben Cél, je me disais qu'un jour il allait retontir et réaliser l'erreur qu'il a faite, il y a juste toi qui ne vois pas ta juste valeur, et là Pierre a réalisé qu'il a perdu quelque chose de précieux. Cél, je te le dis tout le temps, tu es un ange sur terre, merde ! On serait tous perdus sans toi, le noyau qui nous tient tous, les branches de l'arbre auxquelles on s'accroche juste avant une tempête.

Céleste réalisa à cet instant qu'elle était la seule à penser tant de mal d'elle-même. Elle avait honte de ne pas s'aimer, de s'être jetée dans les bras de Bruno dès qu'elle l'avait pu, de croire qu'elle devrait retourner avec Pierre, de peur de finir seule, convaincue qu'elle devait saisir la première occasion qu'un homme lui proposait. Céleste fut frappée de plein fouet d'une nausée incontrôlable.

« Je vais être malade. »

Judy suivit Céleste qui courait jusqu'à la petite salle de bain se trouvant en face de l'escalier dans le couloir en direction de la cuisine. La pauvre au cœur brisé se mit à vomir sans arrêt, comme si elle évacuait des démons les uns après les autres. Judy resta près d'elle à lui tenir les cheveux, elle se doutait bien que Céleste n'était pas vraiment malade d'un mal physique, mais que cette nausée était une accumulation, un trop-plein d'émotions. Un cœur saturé.

— Jud, finalement, c'est moi le problème.

— Arrête, tu es sous le coup de l'émotion, Pierre t'a trompée parce qu'il est un porc, pas à cause de toi. Être malheureux ne lui donne pas une licence pour te faire mal.

— Non, ce que je veux dire, c'est que le problème c'est moi, je ne suis pas triste parce que Pierre m'a trompée ou m'a laissée.

— Je ne te suis pas.

— Je suis triste parce que quand c'est arrivé, ça a confirmé que je n'étais qu'une moins que rien, que j'étais tellement dénuée d'amour propre que Pierre avait vu l'imposteur en face de lui et avait vu combien je suis dégoûtante et il avait fait le choix de me rejeter. Je me déteste finalement, et c'est pour ça que j'ai marié un homme comme Pierre qui ne m'a jamais fait sentir bien. Je fais des choix qui nourrissent ma haine de moi-même, je suis avec ce que je pense mériter.

Judy réfléchit un long moment, elle avait déjà expliqué cette théorie à Céleste, car elle avait fait beaucoup de psychothérapie dans sa vingtaine afin de réconcilier son identité et son apparence et cela l'avait amenée sur le chemin de la découverte de soi. Elle avait décelé il y a longtemps ces failles chez Céleste, les choix bizarres qu'elle faisait et le laxisme qu'elle démontrait avec la maltraitance émotionnelle que Pierre lui faisait vivre. Mais ce n'était pas le temps de placer un savoureux « Je te l'avais dit tout ça. ». L'heure était au réconfort, à l'amour inconditionnel. Judy se disait qu'au final, cette île, cette maison, avait peut-être enclenché un processus de guérison chez Céleste, une introspection qui lui ferait finalement aimer qui elle était. La vie était étrange, car Judy se disait souvent que si elle avait eu la chance de Céleste, naître dans le bon corps, être femme si facilement, alors elle aurait une vie sans aucun chagrin ni mésaventure. Elle serait en amour avec elle-même et la vie serait un rayon de soleil sans fin, mais à la vue du désarroi de sa meilleure amie, elle comprit vite que dans la vie, chacun a ses combats avec lui-même.

— Je comprends, ma cocotte, ce n'est pas illogique, c'est vrai que tu as accepté tant de souffrances de Pierre, toutes ces nuits où tu m'as appelée, rongée par l'inquiétude parce qu'il ne rentrait pas, la façon dont il te rejetait au lit parfois, tes insécurités incessantes à savoir s'il te trompait. Finalement, peut-être que tu es restée avec Pierre aussi longtemps parce que tu étais convaincue que c'est ce que tu méritais.

— Oui, c'est horrible à admettre, mais je n'aime même pas Pierre au fond, j'aime la manière dont je me sens à ses côtés, j'aime notre image. Je pensais être en amour avec lui, même il y a une heure quand il était en face de moi, je le désirais, je voulais retourner dans ses bras, mais ce serait une béquille pour quelque chose de plus profond qui m'habite. Je suis brisée, Jud.

— Non tu n'es pas brisée, tu es une survivante, je ne sais pas si tu te souviens au cégep et à l'université, mais tu as vécu des choses pas mal traumatisantes, les gars qui avaient fait le pari de voir qui pourrait coucher avec toi le plus rapidement possible, toutes ces moqueries que tu as endurées en première année d'uni, tous ces requins, les cons qui te faisaient vivre la vie dure dans les cours d'éduc au primaire, Cél, tu as vécu tant de mépris par moments que comme femme, tu t'es construite un peu tout croche, comme si tu avais poussé de la mauvaise façon. Ce n'est pas ta faute, ma chérie, la société est faite que la femme naît et évolue dans un monde où elle se fait constamment dire qu'elle n'est pas assez bonne, trop grande, trop grosse, trop *bitch*, trop fine, alors c'est certain qu'on finit avec des trous de cul ! C'est tout ce qu'on connaît. *Trust me,* j'suis pas mieux !

Le discours enflammé, imbibé de vin et d'émotions de Judy était salvateur pour Céleste. Elle ne savait pas si c'était le vomi ou une intervention spirituelle qui venait de se passer, mais elle voyait clairement le chemin qu'elle devait emprunter.

— Je ne suis pas une bonne amie, tu viens ici avant ton opération et c'est moi qui suis en morceaux.

— Arrête, est-ce que tu me vois pleurer ou bourrée d'anxiété ? Ben non, ce n'est pas moi-là qui a besoin de support, c'est toi. Aidons le marin tombé par-dessus bord avant d'aider celui qui est encore sur le *deck* !

Céleste esquissa un sourire, Judy avait le don de sortir des métaphores pleines de sens, mais qui sonnaient tout même comme des blagues.

Judy était tout autant victime de l'anxiété que sa bonne amie Céleste et elle avait même commencé la fâcheuse habitude de ronger ses ongles depuis que la date de son opération avait été fixée. La procédure médicale qu'elle allait subir était incroyablement intense et longue, pénible même, et la convalescence allait être difficile, mais il y a de ces moments dans la vie, entre femmes, où un cœur brisé trompe tout autre mal de vivre ou crise passagère, comme si un cœur brisé voulait dire « *all hands on deck* ». Comme si les femmes entre elles savaient instinctivement que si l'une d'entre elles était en peine d'amour, toutes devaient retrousser leurs manches pour lui porter secours, qu'aucun mal n'était plus pernicieux qu'un cœur amoché et c'est ce que Judy décida de faire : mettre sa propre douleur de côté pour aider sa meilleure amie, qui elle vivait un mal beaucoup plus ravageur.

Judy n'en voudra jamais à Céleste de cette semaine passée avec elle à la villa à l'entendre pleurer, à la consoler, à la divertir, à la faire rire, et à cuisiner de bons plats pour elle. Non, elle n'aurait aucun ressentiment, car Céleste avait toujours supporté Judy et l'avait toujours aimée inconditionnellement. Alors par amour pour Céleste, Judy avait pris le second plan cette semaine-là, mettant de côté ses propres questionnements sur son opération et ses inquiétudes, elle avait une mission et c'était de rapiécer Céleste, cette sœur de cœur. Judy n'avait qu'une seule inquiétude : qu'était-il arrivé au beau Bruno ? Est-ce que Pierre avait essayé de recontacter Céleste ? Où était-il passé ? Le mystère planait et Judy ne voulait pas être trop inquisitrice avec son amie, elle prenait du mieux et c'est tout ce qui comptait.

Mais Céleste n'avait pas tout dit à Judy, elle avait envoyé un message texte à Pierre le jour de son arrivée.

— J'ai besoin de temps.

— Okay, je vais rester à l'auberge ici toute la semaine, je vais attendre.

— Okay.

Et Céleste avait aussi avisé Bruno, prétextant que Judy n'allait pas bien et qu'elle devait prendre du recul, se concentrer sur son amie. Bruno avait tenté de lui offrir son soutien, lui avait proposé de s'occuper de finaliser la peinture de la galerie, ou bien peut-être d'amener les deux demoiselles au restaurant question de leur changer les idées, mais Céleste avait refusé.

Bruno, à l'autre bout de l'île, commençait à s'inquiéter, peut-être que sa nouvelle flamme avait changé d'idée, une pensée qui lui pinçait le cœur.

12 – LES AU REVOIR

La vieille dame était assise dans la verrière qui donnait sur le jardin aquatique de la villa, ce petit trou d'eau où des plantes ornementales et où de gros poissons rouges semblaient vivre le plus merveilleux des bonheurs. La main d'Eugénie, vieille et ridée, mais tout de même décorée de multiples bagues en or et pierres précieuses, tenait une brosse noire aux motifs orientaux, un vestige des années passées à voyager avec Antoine dans leur jeune cinquantaine.

Eugénie avait maintenant quatre-vingt-dix-neuf ans, elle avait vu des guerres, des récessions, la venue du droit de vote pour les femmes, le mouvement des droits civils, la Révolution tranquille. Mais Eugénie n'avait pas eu à faire évoluer sa pensée comme tellement d'amies de sa génération afin d'embrasser la modernité, car son cœur avait toujours été à l'avant-garde, elle avait toujours cru au meilleur des gens, jamais elle n'avait fait preuve de discrimination et au contraire de plusieurs de ses contemporains, elle adorait la liberté dont les femmes pouvaient maintenant se prévaloir. Elle aimait ce nouveau monde dans lequel le mari de Cheryl aurait pu avoir le droit d'être heureux, ce monde où sa propre fille avait pu bâtir une famille heureuse à Toronto avec un homme d'origine africaine, un mariage interculturel où les deux âmes avaient tout simplement suivi leur cœur. Une occasion qui n'existait pas du temps d'Eugénie.

La vieille dame déposa la brosse et sonna la cloche qui se trouvait sur la table de verre dans la verrière, où d'énormes plantes tropicales trônaient depuis des décennies, des survivantes du passé. Anne-Lise apporta un plateau de fruit et un café à la nonagénaire. La fille de Gertrude avait accepté de s'occuper d'Eugénie dans ses vieux jours en échange de pouvoir habiter la maison d'invités se situant sur le terrain adjacent à la villa. La bonne entente régnait et cela permettait à Eugénie de finir ses vieux jours avec les soins d'une âme bienveillante.

Les deux filles d'Eugénie avaient quitté Sainte-Pétronille à leur mariage dans les années 1960, elles avaient fait leur vie ailleurs, et Eugénie avait toujours le cœur brisé que ses petites filles n'aient pas manifesté d'intérêt à hériter de la villa Riverain. Elle blâmait ses deux filles qui, selon elle, n'avaient pas inculqué à leurs enfants le respect du patrimoine, l'amour de la nature et de l'île, et qui avaient plutôt toujours dénigré la villa et le fardeau que son entretien représenterait pour le prochain héritier propriétaire. Eugénie était allergique à ce côté de la modernité qui tournait tout le monde en égoïste obsédé de gratification instantanée. La fille aînée d'Eugénie avait souvent dit de la villa Riverain qu'elle était « magnifique, mais aussi une malédiction, qui a kidnappé ma mère depuis son enfance », comme si la maison, au lieu d'être un refuge salvateur pour Eugénie, avait été un bourreau sans scrupule.

C'était beaucoup à cause de cela qu'Eugénie avait décidé, dans son testament, de léguer la villa à sa petite nièce, Céleste. Il y avait aussi le désir de donner à Céleste un héritage digne de sa vraie descendance.

Bien qu'ayant voulu garder contact avec sa sœur, Eugénie avait rarement vu ou parlé à Cheryl depuis l'accouchement, la seule pensée de l'avoir abandonnée était tellement difficile pour Eugénie à endurer que de parler à Cheryl ou d'être en contact fréquent avec la famille de sa sœur lui causait encore des peines immenses. Cela lui rappelait sa trahison envers Antoine, son amour inachevé avec Philip et la culpabilité qu'elle ressentait envers le petit Paul. Elle avait pourtant offert de l'argent à Cheryl quand ses affaires étaient devenues tellement mauvaises qu'elle avait dû vendre presque toutes ses propriétés et commencer à travailler. Cheryl avait la fierté sans borne et avait refusé toute offre d'aide par Eugénie, un peu par crainte illogique que cela donnerait comme un droit parental sur le petit Paul, car même si Cheryl aimait sa sœur plus que tout au monde, elle était devenue obsédée par son fils unique et elle voulait garder Eugénie à une bonne distance de celui-ci. Elle avait si peur que les deux se côtoient et que la familiarité éclate au grand jour. Paul était à elle seule, il était son fils, son descendant, son plus grand amour.

Malgré cela, Eugénie avait contacté Paul et sa femme lors du décès de Cheryl dans les années 80, la pauvre étant décédée d'un long cancer du sein, seulement quelques années après sa retraite. Au lendemain de la perte de sa fortune familiale, Cheryl était devenue une administratrice, la première femme de la famille Riverain à faire carrière. Son salaire et son statut étaient modestes, mais Eugénie l'avait toujours enviée et était fière de savoir que sa sœur s'était réalisée à part entière en tant que femme dans la société. Eugénie, elle, n'avait jamais travaillé, à part pour la philanthropie, elle était trop occupée à aider Antoine avec la gestion de ses affaires, leurs affaires, et cela la comblait véritablement. Elle avait quand même rêvé de faire carrière, de développer de nouvelles aptitudes, de faire comme ces femmes à la télévision et d'avoir une vie à l'extérieure de la maisonnée. Comme quoi on rêve souvent du contraire ce que l'on a eu, ainsi est construite la psyché humaine, l'immortel dicton qui veut que la pelouse soit toujours plus verte chez le voisin.

Eugénie n'avait jamais révélé à Paul et sa femme sa véritable identité comme mère biologique de ce dernier, ne voulant pas briser le souvenir que Paul avait de sa mère Cheryl, tout cela ne servirait à rien. Cheryl avait toujours refusé de l'aide financière et elle savait que Paul vivait une vie modeste, certes, mais confortable et enrichissante en tant qu'enseignant en histoire, un sujet dont il était passionné. Le seul vestige du passé fortuné de Cheryl qui avait subsisté à sa perte financière était cette maison en bien mauvais état sur l'avenue des Remparts à Québec. Jamais elle n'avait réussi à s'en départir, son cœur l'en empêchant même durant les années les plus pauvres de sa vie.

Eugénie se disait qu'il n'y avait nul besoin d'infliger une fracture identitaire à personne d'autre, elle seule pouvait porter ce fardeau jusqu'à sa tombe. Mais voilà qu'à l'aube de ses derniers jours, la vieille dame, ayant réalisé qu'elle allait léguer la villa Riverain à la seule descendante qui voudrait bien en prendre soin, avait décidé de révéler à la future gardienne de la villa la vérité sur l'enfant qu'elle avait eu avec Philip, son amour interdit qui l'avait consommée de bord en bord. Était-ce une façon de libérer sa conscience ? Une folie de démence des derniers jours ? Nous ne le serons jamais, mais Eugénie commença à écrire la lettre dédiée à Céleste, des larmes coulaient sur ses joues, c'était beaucoup d'émotions enfermées qui éclataient au grand jour sur le papier à la teinte jaunie qui faisait office de thérapie en cette matinée du début du printemps.

Eugénie cacheta l'enveloppe et la remit avec ses instructions claires à Anne-Lise. La domestique était secouée.

— Mais pourquoi vous me remettez cela aujourd'hui ? Le médecin Chartrand a dit que vous êtes encore en pleine forme Eugénie, pourquoi cette presse et cette missive mystérieuse ? Vous me faites peur.

— Ma chère Anne-Lise, vous avez des expressions tellement similaires à ma Gertrude, votre cœur est bon comme le sien et vous avez été d'une aide si précieuse depuis son décès. Croyez-moi, à mon âge, chaque instant et chaque minute sont du temps emprunté et je me dois de mettre mes affaires en ordre. La mort n'est jamais bien loin à mon âge.

Anne-Lise quitta la verrière aussitôt, quelque peu apeurée par les déclarations lugubres d'Eugénie, car ayant perdu sa mère quelques années auparavant, Anne-Lise n'avait pas du tout envie de voir une autre des femmes qui l'avaient tant guidée disparaître. Plusieurs personnes répétaient à Anne-Lise que sa mère n'était pas vraiment amie avec Eugénie, mais simplement une domestique et qu'elle ne devait rien à cette dame, qu'elle avait assez de moyens financiers pour se payer de l'aide autrement qu'en mettant en prison psychologique Anne-Lise jusqu'à ses derniers jours, mais Anne-Lise n'était pas d'accord avec ces raccourcis émotionnels. Elle savait la vérité au sujet de la relation entre sa mère et Eugénie. Gertrude était une grande amie pour Eugénie et non une simple domestique, elle avait dédié sa vie à la famille Riverain, cela avait été sa vocation et Anne-Lise trouvait le tout inspirant et noble, une vie dédiée à aider autrui. Elle était convaincue que ce travail avait apporté beaucoup de bonheur à sa mère.

Anne-Lise habitait sur le chemin Orléans, un chemin fait de petites maisons un peu plus modestes, des constructions solides et fières, mais aux origines quelque peu différentes du reste de Sainte-Pétronille. C'est sur cette rue qui traversait la pointe ouest de l'île de bord en bord qu'avaient vécu beaucoup des générations de familles ayant travaillé pour les familles plus fortunées du chemin Royal, tout au long des années 1900, durant le paroxysme de la bourgeoisie anglaise à l'Île d'Orléans. Quiconque marchait le chemin Orléans pouvait sentir une énergie qui détonnait de celle de la pointe ouest de l'île, ce secteur du chemin Royal où les villas de bois régnaient en maître sur le paysage idyllique du village. L'énergie du chemin Orléans était plus légère, bonne, pure et empreinte de sourire, de bonheur et de familles nombreuses. Le chemin Orléans était en quelque sorte le cœur du village, modeste, mais fier, aux antipodes des familles riches et torturées des grandes villas blanches.

Eugénie sortit par la porte de la verrière, une magnifique véranda tout de verre avec comme toit un dôme en fer forgé blanc, on aurait dit une volière ou une serre à l'anglaise qui avait déjà auparavant logé des espèces de plantes tropicales. La robe de chambre couleur crème de la vieille dame volait au vent, c'était le début du printemps et on commençait à entendre la symphonie des oiseaux migrateurs qui revenaient de leur exil au sud, le sol et la pelouse étaient pleins d'eau, froids et hostiles aux pieds d'Eugénie, mais la dame se régalait du sentiment de liberté qui l'habitait au contact de cette terre mouillée, de ces bourgeons et ces petites feuilles qui commençaient à éclore sur tous les arbres entourant la maison.

Juste devant elle, comme un tableau de Riopelle, avaient éclos des milliers de petites fleurs mauves, blanches et bleues, ces fleurs qui sont si rares ailleurs, mais qui tapissent le sol partout au printemps à Sainte-Pétronille. Il y en avait à perte de vue, tirant même une larme d'admiration à Eugénie. Quelle chance de pouvoir sortir de chez soi et d'observer ces fleurs aux couleurs éclatantes. Eugénie avait eu une vie heureuse malgré les épreuves entourant Philip et son fils illégitime, elle avait été une mère aimante et une épouse dédiée, elle avait aimé. C'était le plus grand talent des femmes Riverain, l'amour des leurs, un amour infaillible envers et contre tous.

Des générations de femmes Riverain s'étaient succédé sur cette terre ancestrale et cette villa avait enveloppé chacune d'entre elles d'une magie et d'une vie radieuse de bonheur, car le plus grand cadeau que la villa Riverain faisait à ses habitants était de les rendre heureux, malgré les tracas du quotidien et la misère des années noires. Un refuge où les murs semblaient imbibés d'antidépresseurs.

Eugénie sentit un engourdissement dans tout son bras gauche et ses idées devinrent brouillées. Sa respiration haletante et une lourdeur au niveau des paupières étaient impossibles à ignorer. La vieille dame réussit à se rendre jusqu'à sa chambre au grenier, de peine et de misère, elle savait que son heure était venue. Elle ne pouvait s'empêcher de sourire, un sourire béat, empreint de la démence des derniers jours.

Eugénie s'étendit sur son lit et pour une dernière fois regarda la lumière jaune et chaude danser à travers la fenêtre de sa chambre, les yeux lourds et le cœur accompli. Eugénie était en route pour son prochain voyage, laissant derrière elle un héritage d'amour et une descendance assurée.

Et dans ces derniers instants de conscience, le visage de Philip lui apparut, et comme il y a de cela des décennies, son cœur s'emplit d'un sentiment de plénitude et d'amour passionné. Elle n'était pas seule, son grand amour inachevé l'attendait pour la mener à bon port. Au revoir, Eugénie Riverain.

13 - LE CHOIX

— Merci, Jud, je te promets que pour ta convalescence en décembre, les semaines que tu passeras ici seront bien plus plaisantes, je serai aux petits soins avec toi.

— C'est correct, mon amie, j'ai aimé ma semaine quand même, je m'ennuyais tellement de toi. S'il te plaît, suis mes conseils et appelle ma thérapeute, Francine, elle m'avait vraiment aidée pendant mon épisode de noirceur il y a quelques années quand Éric m'avait laissée.

— Oui, je te promets !

Céleste ne comptait pas appeler Francine, elle s'était réveillée avec une clarté nouvelle, une force qu'elle n'avait jamais ressentie auparavant. Elle avait passé la semaine à revivre sa vie en boucle dans sa tête, ses choix amoureux, ses choix de carrière, le fait qu'elle ne portait jamais de bikini même si elle avait à peine une petite rondeur au niveau de l'abdomen, le fait qu'elle s'épilait de façon obsessive, prenait deux douches par jour pour éviter toute odeur féminine, qu'elle avait le dégoût de son propre corps, toujours un haut-le-cœur durant ses règles ; toute cette haine envers elle-même était en train de se dissiper. Elle ne savait pas trop ce qui se passait, mais elle était une femme nouvelle. Peut-être était-ce à cause de l'île, des oiseaux, de la nature, des esprits habitant la villa riveraine qui l'avaient guérie, ou peut-être que d'être seule avec elle-même aussi souvent depuis son déménagement à l'île l'avait forcée à reconstruire son identité de femme, comme si le bourdonnement incessant dans le dôme énergétique de Montréal avait endormi ses sens trop longtemps.

Céleste n'avait jamais réalisé combien elle ne s'aimait pas. Elle croyait être comme toutes les autres femmes qu'elle entendait se flageller ici et là, tantôt pour la cellulite sur leurs cuisses, tantôt parce qu'elles n'avaient pas fait un lunch assez nourrissant pour leur enfant, tantôt parce qu'au bureau elles avaient dû dire non à un projet pour ne pas trop empiéter sur leur vie de famille. Tant de femmes sont brûlées, incapables de se sortir la tête de l'eau, car on leur demande la perfection, et aux hommes, eux, on demande le moindre effort et on les récompense pour des miettes de pain. Céleste avait beaucoup repensé à une phrase que sa mère disait souvent en parlant de son père :

« Tu sais, oui, ton père n'est pas le plus bavard et, bon, il refuse toujours de m'accompagner dans mes loisirs à moi, mais j'ai marié un homme bon. Quand vous étiez jeunes, il était bon avec vous, il vous gardait tous les dimanches pendant que j'allais déjeuner avec ma sœur et faire des commissions, pas beaucoup d'hommes en font autant. »

Céleste n'avait jamais trop pensé à cette phrase, mais cette semaine, elle tournait en boucle dans sa tête. C'était ça son problème, elle était en amour avec Pierre alors qu'il ne faisait pas le moindre effort pour mériter son amour à elle. Et en même temps, elle avait rencontré Bruno, une perle rare qui faisait tout pour la rendre heureuse, mais son cœur ne démarrait pas, comme une colombe qui peine à s'envoler, son âme tout entière ne décodait pas le langage que Bruno parlait, c'était une langue étrangère.

Elle ne pouvait s'empêcher de vouloir retourner avec Pierre, surtout depuis qu'elle l'avait revu la semaine dernière, elle avait eu une dose de sa drogue préférée, le mépris de soi. Mais le vent avait tourné et Céleste allait tourner la page définitivement sur Pierre, elle avait réellement enjambé la clôture vers son identité de femme guerrière des temps modernes. Fini le conditionnement des années 2000 avec Britney Spears au ventre plat, elle n'avait besoin que d'elle-même pour être heureuse, elle allait apprendre à s'aimer, coûte que coûte, et non pas à travers le regard de Pierre ou de la société. Elle allait s'aimer pour elle, seulement pour elle.

La villa l'avait accueillie et l'île murmurait durant son sommeil des contes de jours meilleurs. En marchant pieds nus sur la pelouse mouillée et froide du mois d'octobre, Céleste souriait à pleines dents, un café à la main, émerveillée par les papillons de septembre, les fleurs qui tournaient au rouge, protégées par sa maison, par les champs de l'île, par le fleuve et les roches volcaniques. Elle puisait une force inouïe de cette île où elle se sentait enfin chez elle, où elle n'avait pas à se cacher d'être qui elle était. Judy avait raison, depuis son déménagement à Sainte-Pétronille, elle avait fleuri, s'était épanouie, et elle ne donnait pas le crédit à Bruno, il n'était qu'un bonus dans ce nouveau départ. Elle allait être l'actrice principale du prochain chapitre de sa vie.

« Salut, Céleste. »

Bruno était arrivé, parti de chez lui immédiatement après avoir reçu le message de Céleste. Il avait le cœur lourd, persuadé qu'elle allait terminer les choses avec lui. Il avait compris depuis longtemps, sans entrer dans les détails, que Céleste avait le cœur encore bien meurtri de sa séparation, et il avait toujours redouté qu'elle finisse par lui dire qu'elle retournait avec son ex-mari ou qu'elle ait besoin de temps seule, loin des hommes.

« Salut, Bruno, allons nous asseoir dans la verrière, c'est un peu frais ce matin. »

Bruno était encore plus anxieux, car il décelait chez Céleste une femme nouvelle, comme une inconnue qu'il n'avait jamais rencontrée, ou plutôt qu'il avait cru apercevoir parfois, mais qui ne restait jamais bien longtemps, laissant toujours la place à la Céleste plus réservée, suiveuse, moins éclatante. Céleste avait tout de même toujours semblé forte et digne à ses yeux, mais sa démarche avait changé ce matin, elle était plus solide que jamais.

— Je voulais tout d'abord m'excuser pour cette semaine.

— Ne t'en fais pas, j'ai compris que ton amie avait besoin de toi.

— Ce n'est pas tout à fait vrai, en fait c'est moi qui avais besoin d'elle.

— Qu'est-ce qui se passe, Céleste ?

— Mon ex-mari a retonti ici le week-end dernier, il pleurait et fabulait, il rêvait à notre retour ensemble, me disait qu'il avait commis une erreur, il était plutôt convaincant.

— Je vois…

Bruno se leva, une réaction que Céleste n'anticipait pas, lui qui semblait si amoureux d'elle. Céleste avait imaginé qu'il se serait fâché ou qu'il aurait essayé de la convaincre de le choisir, lui.

— Ce n'est pas ce que tu penses, Bruno. Assieds-toi, s'il te plaît.

—Okay, alors c'est quoi ? Tu m'as menti toute la semaine et maintenant tu me dis que tu as revu ton mari, je sais que je suis un bien bon gars, le genre qui ne hausse pas le ton et qui te fait à déjeuner tous les jours et qui t'aime avec tous tes défauts, mais j'ai quand même de l'amour propre et j'suis tanné que tu te fermes à moi, tanné d'essayer de te faire tomber en amour.

— Je ne retournerai jamais avec Pierre, je lui ai dit tout à l'heure au téléphone que c'était fini à jamais, que lui et moi, c'était vraiment terminé. Il a mal réagi, mais j'ai bloqué son numéro, le chapitre est clos.

Bruno trouvait Céleste tellement attirante ce matin-là, une jaquette de nuit en coton qui laissait paraître ses hanches généreuses, son cou tout blanc qui semblait fait de lait, ses lèvres pulpeuses et invitantes et ses grands yeux verts de lynx. Bruno était en amour par-dessus la tête avec la belle Céleste.

— Okay…

— Je ne suis pas non plus prête à être ta blonde.

— Tu veux qu'on arrête de se voir ?

— Non, pas du tout, j'ai des sentiments pour toi, Bruno, tu fais vibrer mon cœur et à tes côtés, je me sens bien, apaisée, heureuse et je te désire beaucoup, mais j'ai besoin de temps. On dirait que j'ai été mise devant deux choix cette semaine : soit je retourne avec Pierre ou soit je m'embarque pour de vrai avec toi. Mais j'ai réalisé que ces deux choix ombrageaient le choix qui me convient le mieux, le choix de me choisir moi, de m'aimer moi, de me donner du temps seule avec moi-même. C'est la troisième option que je choisis.

Bruno comprenait ce que Céleste expliquait, il ressentait une grande tristesse dans son for intérieur, il avait imaginé une vie à deux dès maintenant avec Céleste, des enfants qui pousseraient au printemps et un chien qui les protégerait les hivers durant sur leur belle île, cette île qui les avait réunis. Mais d'un autre côté, il comprenait tout à fait ce que Céleste vivait, il avait lui aussi pris du temps après la mort de sa femme pour apprendre à se connaître, réapprendre à vivre seul avec lui-même, rebâtir son identité en solo, alors le désir de Céleste de prioriser sa propre personne n'était pas décousu à ses yeux.

— Qu'est-ce que ça veut dire, concrètement, pour nous deux ? demanda Bruno, les yeux humides.

— Ça veut dire que je te veux dans ma vie, dans mon cœur, dans mon lit, mais que pour les prochaines saisons, je ne sais pas si je peux te donner ce que tu veux vraiment, je ne peux pas m'engager dans une vie à deux tout de suite, j'ai besoin de me retrouver, d'apprendre à me connaître, à effacer au tableau de ma vie les blessures qui y sont inscrites, j'ai besoin de temps. J'ai envie de vivre en harmonie ici à deux, la villa et moi. Je veux retomber en amour avec moi-même, réapprendre à me connaître.

— Je comprends, sache que je t'aime, Céleste, on ne se l'est pas encore dit, mais je t'aime, et s'il faut que j'attende des saisons durant, alors je vais attendre, car tu es la mienne, la bonne pour moi et je ne vais pas abandonner aussi facilement, mais je vais respecter le temps que tu as besoin de t'accorder.

Les yeux de Bruno étaient sur le point de déborder d'une larme solennelle, masculine et empreinte d'amour. Céleste était aussi un peu surprise par le ton et le vocabulaire très poétique et littéraire de Bruno. Il était clairement un homme plein de belles surprises.

Céleste se leva, s'assit sur les cuisses de son cowboy, celui qui l'avait aimée dans les moments les plus durs au courant de l'été, celui qui avait redonné le lustre d'antan à cette villa qu'Eugénie lui avait donnée en cadeau, comme en prémonition que Céleste allait tant avoir besoin de ce refuge. Elle regarda longuement droit dans les yeux de Bruno, elle l'aimait aussi, elle sentait en elle cette étincelle pour lui, elle savait qu'en pansant ses plaies émotionnelles, au fil des cicatrices qui se formeraient sur son cœur, elle finirait par donner à Bruno ce qu'il voulait.

Elle embrassa Bruno langoureusement et resta dans ses bras de longues minutes. Il était fort et tellement rassurant, un homme tout droit sorti d'Hollywood, mais au-delà des sentiments qu'elle cultivait lentement mais sûrement pour Bruno, son jardin intérieur, son amour de soi, la découverte de la femme forte qu'elle était, le tout poussait à l'intérieur d'elle avec une prévalence sans équivoque. La villa Riverain était en train d'effectuer son travail de guérisseuse sur notre rouquine. Elle serait bientôt prête à aimer Bruno d'un amour pur, d'un amour qui vient d'une âme réparée et profondément sereine.

Céleste ferma les yeux et vit dans sa tête une vision du futur qu'elle aurait avec Bruno, leurs enfants gambadant dans les champs de pissenlits jaune fluo du mois de mai, lui la tenant par la taille, souriant en regardant leur marmaille. Oui, elle le visualisait déjà. Bientôt, un jour, un printemps dans le futur où elle se donnerait corps et âme à Bruno.

En attendant ce jour, elle allait s'aimer, elle, reconstruire son cœur, redonner son lustre à son estime de soi comme elle l'avait fait avec la villa, elle allait s'imbiber et s'inspirer de cette île salvatrice, où la vie gèle si fortement l'hiver, mais qui s'éveille et renaît d'une force inégalée le printemps venu. Céleste était sur le bon chemin pour vivre une vie heureuse et pleine, le destin l'avait conduite à bon port, à l'île où elle avait senti le bonheur véritable.

***

La sonnerie de son cellulaire réveilla Céleste, mais Bruno, lui, se rendormit instantanément, un grognement fut son seul signe de vie. Céleste ne comprenait pas comment son cellulaire sonnait, elle avait toujours programmé la fonction sourdine de 23 h à 6 h tous les jours, car son sommeil était depuis toujours fragile à tout son ou toute lumière. Sa mère l'avait toujours surnommée sa petite chauve-souris justement à cause de cela.

— Allo ?

— C'est maman.

— Mon Dieu, est-ce que Papa est correct ? Vous êtes les seuls contacts dans mon cellulaire que j'ai programmés pour recevoir des appels. Maman, qu'est-ce qui se passe ?

— Ils ont retrouvé…

— Quoi, je ne comprends pas, maman, est-ce que Papa est correct ? Je n'entends rien, tu pleures trop, maman.

Les larmes coulaient aussi à flots sur les joues de Céleste, comme si elle avait deviné que cet appel allait peut-être changer le cours de sa vie à jamais.

— Thomas, ils ont retrouvé Thomas.

— Maman, quoi… Thomas mon frère ? Son corps ?

— Non, pas son corps Céleste, ils l'ont retrouvé, lui.

— Qu'est-ce que tu veux dire, lui ?

— Il est en vie.